格尔木文学丛书
（第四辑）

盐的光芒

李宝花 著

青海人民出版社

图书在版编目（CIP）数据

盐的光芒 / 李宝花著 . -- 西宁：青海人民出版社，
2023. 10
（"昆仑圣殿"格尔木文学丛书 / 李明主编 . 第四
辑）
ISBN 978-7-225-06543-4

Ⅰ . ①盐… Ⅱ . ①李… Ⅲ . ①散文诗 — 诗集 — 中国 —
当代 IV. ①I227.6

中国国家版本馆 CIP 数据核字（2023）第147305 号

"昆仑圣殿"格尔木文学丛书·第四辑

李 明 主编

盐的光芒

李宝花 著

出 版 人 樊原成
出版发行 青海人民出版社有限责任公司

西宁市五四西路 71 号 邮政编码:810023 电话：(0971) 6143426（总编室）

发行热线 （0971）6143516／6137730
网 址 http://www.qhrmcbs.com
印 刷 青海德隆文化创意有限责仕公司
经 销 新华书店
开 本 787mm×1092mm 1/16
印 张 12.5
字 数 100 千
版 次 2023 年 10 月第 1 版 2023 年 10 月第 1 次印刷
书 号 ISBN 978-7-225-06543-4
定 价 70.00 元

《"昆仑圣殿"格尔木文学丛书（第四辑）》
编 委 会

主　　编　李　明

本辑编辑　陈劲松

主办单位　格尔木市文学艺术界联合会

李宝花

青海省作家协会会员，海西州作家
协会副秘书长，格尔木市作家协会
秘书长，诗歌、散文见于《诗刊》《诗
潮》《延河》《青海湖》等刊物。

总　序

　　癸卯初春，万物萌动，一切即将现出欣欣向荣之姿，而"昆仑圣殿"格尔木文学丛书第四辑书稿编竣，即将付梓出版，这些都是让人愉悦的事。

　　文化是一个民族、一个国家的根，而文学则是文化的重要组成部分。近年来，习近平总书记在多次重要讲话中都强调要积极推动文化建设和文艺繁荣发展。过去的几年中，在中央文艺工作座谈会、中国文联第十次全国代表大会、中国作家协会第十次全国代表大会以及青海省作家协会第八次代表大会精神指引下，格尔木市文学创作取得了优异的成绩，迎来了大发展、大跨越、大突破的黄金时期。无论从小说、诗歌、散文等文学作品的文体丰富度来看，还是从文学作品的数量与质量来看；无论从创作人员数量，还是文学创作队伍的人员结构来看，格尔木市的文学创作都呈现了崭新的样貌，都取得了优异的成绩。近几年来，我市作者的数百篇（首）小说、诗歌、散文作品发表于《诗刊》《十月》《星星》《花城》《作品》《光明日报》《中国青年报》等数十家国家级、省级刊物、报纸，获青海省政府文学艺术奖、青海省青年文学奖等省内外文学奖项数十个，入选中国作家协会重点作品扶持项目三次，有两部作品入选中宣部 2022 年主题出版物，市作家协会主席唐明以格尔木为创作背景，出版了儿童文学作品集 18 部……这些亮眼的文学创作成绩，积极、高效地向外界宣传了格尔木，成了一窥格尔木样貌的窗口，对提高格尔木市的文化品位、推动当地文化建设都有着积极的现实意义。

高原新城格尔木，建政时间虽不长，但因其独特的地理位置和昆仑文化影响，各民族文化相互交融，共生共长，各种优秀的文艺作品不断涌现。尤其是近年来，借"文化大发展大繁荣"的东风，格尔木的文化事业取得了显著成绩，格尔木市文联也紧紧围绕省、州、市委的工作大局，紧扣时代脉搏，积极投身社会实践，在育人才、出精品、铸品牌上下功夫，组织开展了一系列丰富多彩的文化活动，营造了浓厚的文艺创作氛围。

"昆仑圣殿"格尔木文学丛书第四辑共6本，体裁涵盖了小说、诗歌、散文、随笔、散文诗等文体，其中有盛明渊的中短篇小说集《迭代时光》、王嘉民的随笔集《槐影阁随笔》，杨莉的散文集《回家的路》、井国虎的诗歌集《错失的风物》、王瑾的诗歌集《水印集》、李宝花的散文诗集《盐的光芒》。丛书作者来自我市的各行各业，既有机关工作人员，也有已退休的教育工作者，还有企业工作者……他们虽从事着不同的职业，但都深沉地爱着这片土地和文学，都在用各自不同的视角和文笔表达着、抒发着自己对人生、对生活、对这片雄浑之地的爱恋，具有鲜明的地域特色。纵观这一辑的文学丛书，文字特点和艺术特征各异，王嘉民的作品洗练老道，井国虎的作品粗犷豪放，盛明渊的作品平实从容、娓娓道来，李宝花、杨莉、王瑾三位女性作者创作的文体不同，但都呈现出细腻娴静的特点。六位作者的文字或充满哲思，向生活的深处挖掘，探骊得珠，或注目于脚下这方雄奇的大地，以深情的歌喉赞美着这里绚丽的山川河岳。他们在文字中挥洒着哲思与情思，引人入胜，有助于更多人了解格尔木，走进格尔木，描画格尔木。

背依昆仑山，以柴达木盆地为主的海西地区，远古时期就有人类在此居住活动。这里不仅是矿产资源的"聚宝盆"，同时也是文化资源的"聚宝盆"。这里的昆仑神话、西王母神话以及柴达木开发历史等独一无二的历史文化矿藏吸引着许多专家学者的目光，也吸引着一批近代著名作家、诗人探寻的脚步，诗人昌耀、海子、李季等人就曾流连于这方热土。这里也走出了王宗仁、王泽群等一批在国内卓有影响力的著名作家，近年来，有越来越多的文学作品从这片神秘的土地走向全国，一批年轻的作家、诗人也走向了国内更广阔的文学大舞台。江山代有才人出，也衷心希望能有更多年轻的作者在这方高大陆上茁壮成长，以笔作舟楫，从这里走向全国，走向世界。

　　"昆仑圣殿"格尔木文学丛书的编辑出版得到了市委、市政府及相关部门的大力支持和帮助，在此，再次向关心和支持丛书出版的各位领导和有关部门致谢！向为本辑丛书奋力笔耕的作者及一直默默书写的众多文学爱好者一并表示崇高的敬意和深深的感谢！

格尔木市文学艺术界联合会主席　李　明

2023 年 2 月

五月的诗人（代序）

李宝花生于繁花若锦的五月，天赋才情，文字便自带了五月的光芒和芬芳。

《盐的光芒》是"昆仑圣殿"格尔木文学丛书几辑以来唯一一本以散文诗的形式创作的文学作品集，收录了李宝花近几年来创作的百余首散文诗作品，分为时光、人间、遐想、风景、光芒五个小辑，记录和表达的皆是诗人在平常生活中的发现和感悟。

以大量的自然元素为意象，是李宝花散文诗作品的显著特征。细雨、雾霭和微风，太阳、星辰和月光，山川、河流和盐泽，这些事物被她以一种极为细腻的方式进行分解，如同剖析人格一般，进而委婉地拟人化、诗意化。写雨雪，就如同与季节约会，比如："黄昏的雨，只是象征性地擦拭了鼓胀的嫩芽，至于泥土有没有看到，我不能去猜测。"写花木，就如同与挚友对坐闲谈，比如："和书里的花儿一起醒来，相互助力，彼此鼓励。"写日月星光，就如同与另一个自己亲密相拥，比如："今夜月光暗淡，无心翻书，无心他事。独坐，看茶叶沉浮，是另一种飞翔……""阳光穿过窗户，照着我，也照着书中的草木。微风帮我翻开花园里新鲜的泥土。"……这些，仿佛琐碎，但有一种她与自然万物共赴山海万里长风的热情和豪迈。

在平淡的日常寻找和发现美，是李宝花散文诗作品的另一个特点。生活大抵是相似的，但是诗人可以从这相似的生活中，捕捉属于自己的浪漫。宝花的诗，多数素材都出自生活之见闻。"看窗外郁郁葱葱的绿绸缎。看那些蓬蓬勃勃的枝丫，高高低低地舞在阳光里。看它们大大小小的伞朵，极力地舒展着，呼吸着，喧嚣着，在我眼里幻为一片绿海，让我所居的小楼仿佛是那绿海上一只漂浮着的船，在楼宇中若隐若现。""酒过三巡后，一些人陷入落寞，自斟自饮。夜里孤独饮酒的人，坐在星河里，像是在等人，等一个不用说话就能对饮的人。"……透过诗，你可以看见她最为真实的情感与日常，这种日常对于读者而言亦是熟悉的，正是这种熟悉感，拉近了作者与读者的距离，她的诗便成为你的诗，亲切又美好。

把日常变得诗情画意，首先，这是一种文字能力。操千曲而晓声，观千剑而识器。李宝花用"每日一诗"的勤奋而获得了缪斯的青睐和赏识，在诗的国度里收放自如；其次，这是一种处世哲学和生活态度，只有一个性情豁达、乐观、有情趣的人才可能有这样的慧眼和心性；最后，这也需要想象力，读李宝花的诗，总是会给你一种惊喜之感，她对于这世界独特的感知，对于生命奇妙的比喻，这种抽象且极具美感的表达，使一首短诗也能独立构建起一个世界。她在《六月，众多叶子的世界》中写道："世界是一个绿色的轴。它开出的花，大多是白花，也有的白中泛红。很多小小的花，簇拥成一大朵，圆盘一样被花茎托着。细细的洁白，极像白天的月亮，发着隐忍的光。"这样宛如孩童般自由奔放的想象力，是诗人极为宝贵的天赋，也因为这样的天赋和才情，使得她的诗句散若珠玑，聚如锦绣，观之可亲可爱，读来甘之如饴。

在苦痛之中寻到光芒，是李宝花散文诗作品的另一个可贵之处。本书所录，一部分作品来自宝花的生活，还有不可忽视的一部分作品来自她的工作，宝花在察尔汗盐湖工作了二十多年，用诗的语言去记录身边的人和事，用诗的语言表达对这片盐湖的热爱，几乎是李宝花的日常，故而新书亦是以盐为名，这些跟"盐"相关的诗句，就像一束束悦目的光。对当下的困惑、对身边的苦难，有记录有思考有更深远的隐喻，这是李宝花的深刻。在写到盐花的时候，"无雕饰，无安排，自行安顿，自成一体。四季常开，开成孤独的繁茂。"在写到对盐湖无限眷恋和热爱时，"灵魂落下的地方，是会生根的。人的一生会有太多的眷恋。就像我守着你的宁静，你无波澜，我心中却时时生出涟漪……"这是融入盐湖后的完全忘我之心。"他坐在那里吸烟，呼吸，仿佛时间雕刻的塑像。他苦笑，像石刻上浮起的雾气。最终，他用语言和固执竖起壁垒，严实地包裹柔弱的坚强。"这是她对于讨薪者的描写，照见的是社会、是人心、是世间的冷暖。把人，放到天地之间，把苦难的人，放到诗里，这就是作者的悲悯。他人是自己的镜子，自身的感悟亦是他人的映射，面对这纷乱的人世，宝花内心温暖，她说："我们仍需阳光地活着。"在苦难中看到希望，在冰冷中奉献善意，这是上天给一个诗人最最珍贵的恩赐。

《盐的光芒》从最初的一篇两篇，到此时成书，即使熟知李宝花的创作能力，我也还是有些惊诧，毕竟写书是一项有相当难度的文字工程，李宝花能够坚持多年集腋成裘，还真有点不啻微芒造炬成阳的意思，在此真心地表示祝贺！目下，此书即将付梓，本人受嘱作序，心中不免惶恐，如有不妥，请作者和读者海涵。唯愿宝花，心有暖阳，笔耕不辍，永远做那个珺璟如晔雯华若锦的五月诗人。

唐 明

2023 年 2 月 14 日

目录 CONTENTS

第三卷 遐 想

格尔木文学丛书

GEERMU WENXUE CONGSHU

（第四辑）

第一卷

时　光

五月之事

　　整个五月，我收敛了散漫的心，不在野外闲逛，只喜欢站在窗前，透过窗口看世界。

　　看窗外郁郁葱葱的绿绸缎。

　　看那些蓬蓬勃勃的枝丫，高高低低地舞在阳光里。

　　看它们大大小小的伞朵，极力地舒展着，呼吸着，喧嚣着，在我眼里幻为一片绿海，让我所居的小楼仿佛是那绿海上一只漂浮着的船，在楼宇中若隐若现。

　　那样的绿啊，一直由天边蔓延到脚下，又从脚下伸展到半空中，与我越来越近。因此，明明是身在闹市，内心却感觉住在了山间，真可谓"心远地自偏"啊。

　　五月的山涧，悬空，隐秘，是王维的山涧，是王维的空寂，是王维的花落，也还是他的夜静春山空。

　　此刻，正是静夜，虽非春山，在寂寥无人的幽境里，我听得见草叶滋滋生长的声音，融汇了幽香的露珠滴落泥土的声响，还有果实努力长大的声音，这些细微的声音，在我心中引起空荡的共鸣。

　　月色如水，思绪如叶婆娑。巨大的浩渺淹没一切声响。

　　朦胧中，谁安恬地睡去。

2017.05.29

六月，众多叶子的世界

世界是一个绿色的轴。

它们开出的花，大多是白花，也有的白中泛红。很多小小的花，簇拥成一大朵，圆盘一样被花茎托着。细细的洁白，极像白天的月亮，发着隐忍的光。

此时，走在车轴草合抱的草甸上，似乎感到有无数个小小的轮子在转动。它们是碧绿的轮子，推着这片河滩朝春天的方向走，走在旷野的前面。这样的想象，让我有点眩晕。

定了定神，一头牛，就在离我不远的地方。它低头吃草，像一个唯我独尊的王者，对周围的一切视而不见。

一片开花的车轴草，围着一头吃车轴草的牛。

真是一幅奇特的画面。

这么矛盾，又这么和谐。这么粗暴，又这么唯美。

画面中，我就是那个为春天久久发呆的人。

2019.06.03

八月印象

八月的田野长满九月的麦粒。往后退去的田野是高原的延伸，天际线很长，祖国比鸟儿的想象辽阔。

摇晃的火车在沿途时行时止，钢铁的腰身不拘一格。每一次动身都有无限喜悦，铁轨告诉我的可以说也可以不说。

我要去的八月是在七月构建好的。有人的村庄，有佛祖的三千世界。

十月的金色早在九月就开始研磨。大自然总是适时出台一些规定动作。最大限度地解释存在的一切可能。

秋英任性，把阳光修改成白的，红的，蓝的……

红柳固执，坚韧不拔地守护着一方土地……

在八月，我闻到的气息都带着草木和河水的回忆。

2019.08.09

在秋的温婉里低眉

无须斟酌，该柔软的必定要柔软。举了一春一夏的枝，手臂也该累了，握不住的，其实主动一些更好。

四季是用来抒怀的。春的妩媚，夏的热烈，秋的绰约。有人说落叶是伤，是悲，是刀，就算落叶是一把刀，也是一把没有刃的刀，否则那绵绵的秋思怎么长年累月也砍不断？

我还是喜欢柔软，比如土豆里的沙沙绵绵，比如褶皱里的阳光，这些，才是可触摸的具体的存在，每当这时，我会欣喜地请自己入席，把自己放在人间柔软的烟火中，假想自己从未来过一样。

叶子在大地奔跑之时，正好我侧身，碰见你正转头而去。

2019.09.23

在冬天开始构建

严格地说，冬天的雪花覆盖得还不够。

一个饱满的春天需要深度酝酿，才能以脱胎换骨的姿态面对一个崭新的世界。

在冬天的田野，我仿佛看到满野的碧翠，满野热烈的石榴花，它们在雪花的下面，正在做伸展运动。

藏匿不下去的玫瑰刺，最先扎破雪花的裙摆，野性的本质，野蛮地蔓延。我喜欢那种刺破一切的锋芒，它的锐利如此霸道，举给你的却是无边的芬芳。

当然，没有泥土之亲的人是难以摸索春天的套路的，就像没有在山里生长过的人，无法想象山坡山凹山脚山顶会在春天有什么不同一样。

北坡的树总比南坡的矮，且稀，像江面的船，点缀一般，北坡有一览天下的胸怀，也有静守虚静的能力。南坡人气旺盛，树木浓密，往往却有着林深不知处的密码。

冬天，最适合构想。也最适合在灰烬里反复翻找。如果不出意外，你要的春天正在从雪中走来。

2020.01.20

一叶莲

南方来的一叶莲，选择了另一个夏天。

在北方的"南国"里，继续着阳光下的葱绿。

就这么一小汪池水，可看水，可读绿，可想时间的更替。可降低喧嚣的尘世，可安顿烦躁的灵魂。

它带着南国的清新之气，穿越高原深邃的白色和蓝色，成为高原的另一部分。

这样的午后，缓慢的时光充盈着优雅的"满"。一本书可以翻到底，一片叶的底在哪里？

我要做的就是敬畏时光，敬畏这一叶美的尺度。

2019.10.19

在格尔木喊醒春天

从现在起，我要放下所有的恐慌。那些随风而来的烦扰，如何能敌过 12 万平方公里的静寂和 960 万平方公里的春风？

我要去敲春天的门，去旷野告诉一棵枯黄的树：它这样的姿势不会太长久。因为春风的车辇已经快走到垭口，天亮之前将会到来。

沙棘和沙枣也不要过于自信，春风到来的时候，你自然就会收起往昔的锋芒，连指向天空的芒刺也会变得柔软。

那时，流水静音，山峦婆娑，云朵低垂，空气里有美妙的东西存在，时光仿佛倒流。从前结怨的，有憾的，一切后知后悔的，都会随了风，在春风拂过的地方遗忘。

格尔木，垂挂在云朵里的小镇。

念辽阔，恋余生。

2020.02.04

风 月

还是去年的那场风包围了小镇。

它吹皱湖水，吹弯树木花草，特别是刚吐的芽，刚冒的花，那些纤弱的事物，都被它一一劫掠，花香被它粗暴地撒得到处都是。

已经是五月的最后一周了。红肥绿瘦，春天的背影依然单薄，仿佛被风抽去了筋骨。

大风中，金露梅们死死地抱在一起，无畏无惧。

榆叶梅和路灯并肩而立，那夜色中弥漫的芳香，是另一种光芒。

小镇在动荡中一动不动。

明天，那些风月草和金露梅又多了一个寒暄的话题。

2020.05.23

经过馒头花盛开的草原

经过馒头花盛开的草原，车速太快，花簇一闪而过。

而馒头花，却为飞奔而过的人行注目礼，这么多的礼，我要如何还呀。

只有回眸，不断回眸。

2020.06.19

一朵花的梦想

一片向阳的山坡，雨水或多或少都行。

早上伸懒腰，扭扭纤细的腰身，吊吊嗓子，就和山坡上的荀子、假地豆、草玉梅、委陵菜一起排练避风舞，排练与风与雨的合唱曲。

中午安静地休养，吸收阳光大地带来的能量，并小憩一会儿。

下午就开始自由活动。脚印不要来，惊讶和嘈杂不要来，我想做一个风一吹，就可以摸到绣线菊，也可以碰到点地梅的好邻居。

2020.06.14

秋风无辜

秋风无辜，真是让人惊慌失措，春夏立下的丰碑，最终让它雕成墓碑。

秋风掌管原野，卷土打马而过，这是它最辉煌的尊严。

我们不断谈起毛骨悚然的凄冷，我们不断仰望对面的雪山。

那些美与不美的禁锢，与秋风何干？

2019.10.14

谁会关心一片落叶的去处

说起落叶的去处，是忧伤的，是关于死亡的。

大面积的死亡，是风催促的。簌簌落下的，除了匆忙别离，又是另一次抱紧和求生。只一眼，就知道这是世间常态，谁会去关心一片落叶的事情呢？

不在意，是因为悲伤是一件多么无用的事情。

落叶们，像一场集体华尔兹，只为树。

总有一天，环卫人会把它们集中起来，以焚烧的形式，让它们再飞回到枝上，成为明年的舞者。

毕竟，一些新的开始就在结束的那一刹。

2020.10.12

走向深蓝

秋风与叶子殊途同归，沙漠与天空默默成全。

十月的格尔木，辽远是最适合的暗喻。

在风中，我努力以叶子的姿势摇摆，给自己足够的自由和空间。

我不断鼓励自己要勇敢。在沙山，我就是一粒沙，一粒随风而来的沙；在红柳包，我就是一枝红柳褪下的茎。尽可能留下更多的身体成为瀚海的一部分，因为我是西部！

远方的人，依次而来，探索被蓝天眷顾的我的传说。

2020.10.17

画雪的人

那个画雪的人，久久不能从寒冷中抽身回来，大寒过后他的笔就失去了动力。

冬天过后有无限的颓废。像是在生一场无缘无故的病。

再白的光芒也无法把他从山中拉回。田野，山峦，村庄，都停在静止的纸面上。他还想在从前的画面上添加一些什么，但都是徒劳。

他陷入冬季，无法抽身。

他画下北风，画下雪的光芒，画下辽远，也画下虚空。

2021.12.06

画 雪

一

钢笔画出来的雪比雪本身还要白。或许这张纸的白就是所有白的底色。

追溯过后，白，以及更多的白不再是主要因素。被白雪掩盖的人间真相凸显出浓郁的烟火，大有文章。

有的，在静与动之间向大地低头。有的，向天空仰望。冥冥之中写满意想象不到的答案。

雪，增加了人间的厚度。浑厚的大地低调富有。

默默无闻的树、鸦雀无声的屋、努力向上的炊烟把静默的山河写成袅袅四散的歌，把寂静送上九霄。

此时，世间是制造给他们的。好动的童年……院门外，点一枚炮仗，抱紧一点小紧张，然后，把炮仗的声音，嬉笑的声音一起传递给更远的远方。

那冻红的小脸，那印染的花棉袄，在雪地里安排为不可多得的纯粹和灵动。对，这是童年的诗篇，寄予了想象之外的设想。

树不语，屋不语，路不语，静听孩童用笑声敲击雪的帐房，清脆，干净，直击苍穹。

二

雪是画布的留白。每一片留白都在黄金分割点上，每一片又都没有逃过风的安排，随性得不由自主。

门前那架推送过岁月的架子车，也推算过岁月的年轮，现在又来推雪，不，应该是雪来安抚它。它享受这种安抚。在轻轻的覆盖中睡去。睡得极为安详，极为优美。

堆积在墙裙下的石块，此时和架子车一样，睡得异常安稳。这样的雪天，它们拿出的状态和屋里的人隔墙相呼应：是休憩一阵的时候了，这是一个慰藉的冬天。

以禁足的方式暂时停下劳作，是自然赋予人类最好的安慰。北方，冬季，有一种白，叫作神州留白。

好动的家犬不这么想，它用惊喜在雪野中追逐自己的梅花烙，至于飞雪糊脸，那又如何呢？它就想叫醒整座山庄，包括墙角和扫帚，它都要去嗅一嗅舔一舔，此时，世界是它的风云会。它认真地撒野，认真地恍惚。

落在树丫上的雪，忍不住开心地簌簌跳下来，和它一起撒欢。

这个清晨，山庄丰满。

所有的对话都没能叫醒酣睡的梦中人，他们正在获取生命的从容。

上苍安排山野和大雪给他，安排努力和荒芜给他，也安排善良和汗水给他，把这场雪，安排成休憩的顿号。

认真地呼吸　下，丰年便从土地深处涌出，从昨夜的梦中悄然而来。

三

辘轳，屋顶，树枝和鸟巢都白得很具体。

一些鸟儿在飞，雪就在它们的周围盘旋，光芒的追随者。

此刻的山野，储存着浮想联翩，每想一次，就有数条河流和山脉在体内奔腾。

主人还没有醒来，门楣和门扉上的积雪还原封不动，门槛上的春联使劲地

红，像极了昨夜主人醋醉的脸。

看景的人，现在最要紧的是，要煮一杯熬茶，用这深深的热烈的汤汁围堵冰天雪地的冷，做极地的神仙。

画布上的雪正在孕育另一种丰满和勇气，有不为人知的穿透力。

四

没有雪，冬天是不完整的。

飞鸟也眷恋人间烟火，十里一回头。

山野，依然不动声色，保持着冬季的凝冻，神圣又庄严。

再冷的天，人们的生活都不会冷下来。打年糕是百姓生活中冬天夹层里的筋道和力量。年糕，年年高呢。

冰天雪地之中，一家人围着石臼打年糕，这是一件多么热烈的事情，映照这块土地上的前生后世。

我们始终听从，喧嚣沉淀在心中的寂静。"猫冬"，是最好的沉淀，也是最好的密封剂。把冻了一夜的衣服放在炉子上烘一烘，起床就是一件有动力的事情。把棉鞋也烘得热热的，就感到一种从未有过的治愈和幸福。

雪的清晨，打开的方式居然是暖暖和和的。

五

石碾严肃地沉默着。在纷纷大雪里看天地白头，看自己白头。这是它一年中最休闲的时光了。那些拼命地转动和碾压已磨去了周身的棱角，开春后，它依然像往年一样将重新接受一次雕琢，变成焕然一新的战士，在碾动中肩负使命，勇往直前。

至于一窗灯火，那是人类的事。晚来倚墙想象着一家人围在朦胧而温暖的灯火旁，享受热气氤氲的饭菜，世间的严寒与他们无关。想着也甚是美好。

暮色失去光芒，雪色来补场。

眠去的已经眠去，活动的正在开场。星子呼应着雪的光芒。

夜色洗眼，白与白的距离更加紧密。

干干净净的整洁正在与你同行。干干净净的白夜飞向九天银河。

六

天空放晴，家犬在雪地上嗅着远道而来的气味。

黑色的身体和白色的雪地形成立体感。它和它的影子比任何一朵雪花都高。但家犬尽量把鼻翼伸进雪的深处，希望有意外的惊喜。

不动声色的雪，紧紧地抱在一起，任凭家犬上下拱动，从不反对动荡。来一次人世的宿命，是保持绝对的纯洁。大地吟唱的是它们最后的安魂曲。

想到这里，画家笔下的雪抖动了几下，何止是雪，谁又不是终与雪殊途同归？

看，山涧又起风了，漫天的雪花铺天而来……起点是画家的心房……

七

铺天盖地的雪从山顶铺泻而来，这个冬天中的第七次重复，造出深山中的幻影。

巨大的山庄，包裹在白雾之中。山庄，又把自己抱紧一次。

迅猛的山雪，也包裹了山庄里的灯火，从门缝里透出来的光是生命不息的燃烧信号。还没来得及清扫的门口的台阶，就势往上升，堵住了所有的脚步。太震撼了，一袋烟的工夫，雪压满了山庄山野，留下浓重的白。

画家心中奔腾的山河再也停不下来。除了雪，已经画不出别的。

大雪，像一位恸哭的人。仿佛要把所有的河流都从自己的眼睛里哭出来一样。而画家此时，要把全世界的雪都堆在这里。盖住惊愕，盖住疑虑，盖住焦灼，盖住叹息和爱。

发酵，沉睡，重生，这就是画家笔下安排的人间。

八

接下来的每一天，一朵一朵的雪花在风的推动下，挤在一起，彼此抱紧，最后融为一体，成为一股新流，在太阳的帮助下，回到天上。

回归，是自然属性，一定不是陈旧的陈述。是自然安排的每年一次人间回访。

之后，人间开始自查自检，调整状态，有目标地活动，去田野等风吹松泥土，播种花田，治愈"猫冬"中暗下来的沉默。用劳作方式来抒情，来回报上苍的馈赠。

一年一年，他们在历史的道路中走出一往无前的新生活。

九

一列火车的速度总也跑不过一场雪，就像一场雪跑不过一场风一样，总是在追赶的路上，一程又一程。

画家笔下的雪，下了七七四十九场，现在仍然在下。好似要下满整个冬天。我开始强烈地担心在树丫上过冬的鸟儿，它们的巢穴够不够暖？它们储备的食物够不够吃？在一直不肯放晴的雪天里，它们有没有走散的亲人？诸如此类的忧虑和焦灼让我回到没膝的雪海中。又想到一九五九年的哈尔滨富拉尔基的雪地里，父亲执枪站岗执勤的样子……是的，想到了许多许多不同场景不同地域的雪，那些雪下得不同凡响。

雪翼上莫非挂满思绪的钩子？我不能断定。但我敢断定的是，它让我充满无限的想象，期待和美好。

后来，不是火车跑过了雪，而是雪自愿停下来，停在火车刚刚停过的小站。

十

该回家了。

无须导航，也不需要甄别路在何方。暖阳下，还有一些雪依然紧紧抱在一起，依在北岸的树根旁。

　　画家还在支撑着，幻想在河流之上寻找出雪的另一些影子。在光阴的河流中，那些影子早已被打回原样。

　　欢唱的河流，在大地上翻腾出洁白的浪花，那是画者为自己留下的光芒。

　　画者走在就要泛绿的田野，因为失落，完成了一段冰凉又热烈的内心抒情。

　　山河不老，雪画不止。

2021.12.05

冬的气息

冬天已经进入不寒而栗的状态。总有一种气息纠缠在一起。

风开始一遍一遍围攻楼下的白杨。

时钟，踢着正步，也踢着旷野。

被清水洗净的石头，被青草关爱过的羊群，都不再恣意流动了，它们用最少的行动保持冬天的气息。人类用枯草与之交谈，倾注的是无限怜爱和焦虑。

此间应该是失语的。

所有的暗语都已重复上万次。冬天就要过去。

就连最会鸣叫的鹈鸰都保持沉默。

天籁的旋涡。

此刻，时间，还有我的心跳，可不可以都给你？

2021.12.12

红柳红了

大地明亮，柔软的花朵就要降临。

紫白的罗布麻未雨绸缪，在盐碱地上最先布好织锦。绣山的形状，绣云的形状，后来绣了自己死亡的形状，第二年依样再绣一遍。

红柳反应迟钝，是旁观者。如果没有盐碱地，它的绽放何足挂齿。

最后绿的叶子，有阳光的恩情，还有高原广阔博大的理解，绕在蓝天指尖的明亮是雪山不舍的明亮。

今夜我的歌唱，为深红的、粉红的、有松香味的红柳。就像我喝完五十二度白酒的样子。

从未想过有那样的样子，但我就是那种粉色晃荡的姿态。你可以想象醉，也可以想象从来没有来过这里。

2021.07.02

昆仑峡谷

一条暗藏的河流。

在地表的下面，不动声色地继续着流动的使命。

惊奇的人类，携着癫狂之心深入谷底，拼命追寻。现在，人们按照时光流动的方向细数年轮，看一条独处的河，如何冷艳，不逐风尘。

深居在地宫的河流，活得如此平安无事。往事不追，独自雕琢。把陡峭的岸，跌宕成仰望。

我踩在人间三千英尺的悲痛里，就连呜咽也默不作声。这些沉默中却有努力的痕迹，两侧的崖壁无语，却深深知道。它获得人类的赞赏。

站在仰望里，我是古人，是随深谷复活过来的古人，努力回忆亿年前的事情。

时而我们分开，时而又与它们啮合在一起。

时光摩挲，岁月有痕。

2021.07.24

自然的光芒

站在光里，我无法认清究竟是哪一种色彩让光失去了光彩。

站在背光处，有清晰的植物和一些人物的轮廓，有别样的猜想。还有光晕给出的千万马匹，在源源不断地送往大地深处。

悬崖峭壁之上，丁香流出的香气，是从石缝里渗出来的，松树羡慕不已，陈年挂着褐色的果子，以示赤诚。

自然和文明交融汇合，它们在岁月里相偎相依，彼此占领，彼此相让，成为生存的重要砝码。

这光芒和太阳给出的光可以同日而语。

2021.05.02

沙枣树的天涯

春天举着秋天的果实。沙枣树雕刻了四季中最优美的自己。

春天发芽，夏天开花，秋天结果，冬季匿藏。它珍藏了最珍贵的果实部分，漫长的冬天也不肯放手。就这样，一直举到发芽。

欣赏沙枣树被风雨雕刻的坚韧，垂挂于时间之枝上的果实，饱满丰盈，含有生活中的酸涩苦辣。

沙枣树，寂然进行的生命的盛宴，晕染的不仅仅是自己的芳华，而是自然赐予四季的光芒。它记得每一缕阳光的味道，也把苦涩活得不屈不挠。

尚不知今年的秋天，它的枝头会是谁的天涯。

2021.04.21

四月有雪

四月，格尔木，雪下向春天。

启于清晨，止于黄昏的居多。来时让人清醒，停时让人困顿，中间的随意。

雪的到来，让我想到它的拯救之意，江源路上的那些杏花、桃花、梨花开得恹恹的，无精打采，近旁的松枝也衬不出那盎然的情状。

四月的格尔木，每一场雪都下得轻手轻脚。它覆盖住：昆仑山，尕垭口，红柳树，长江源村，南郊，它也覆盖住白云桥，柴达木路，八一路，昆仑路，直至覆盖住十二万平方公里的格尔木，最后覆盖每个格尔木人的朋友圈。那样的雪，下下停停，或大或小，它们是来人间看景的，带着闲情雅致的心情。

在飘雪的清晨醒来，扑面而来的立体而有轮廓的时间，埋藏了昨夜多少美好的期待。

就这样，世界清晰，美妙之极。

2021.04.26

春天的耳朵

　　闪亮亮的春天，就是刚才从我车前跑过的藏族少年，他耳朵上挂着翠绿的耳钉，太惹眼了。

　　从他的耳朵上能望见草原上的江南。还有一晃而过的雪山。

　　柔软。豪迈。

　　也是格尔木在时光中刻下的烙印。

　　蓝天，白云，青草，河流，足够高原人慢慢品咂。

　　以高原的名义，一如既往地高远。

　　那只绿耳钉，在城市里放牧，我想，他定是担心走失他的草场。

2021.04.28

最后的海棠果

浑身都是火红，红到心慌灼人。

所有的灯笼都燃到了极致，太透了，太红了，光芒炽烈。

冬天的三分之一已过，它和秋天的样子几乎相同，寒冷就要来了，它如何挨过严酷的冬天？

这是见证过四季的海棠果，是和别的地方不一样的海棠果。它躲在博物馆的后院，似乎是染了厚重的文化底蕴的果子，悬挂得信心十足。

让一颗果子回到自然中，回到欧阳修"只恐夜深花睡去，故烧高烛照红妆"的诗里。

似乎这样的存在才更合理。

它高贵地悬挂在那里，似乎有永远都点不完的火焰。不看角度，不讲姿势，只是一个劲地让人疼爱。让一个随意路过的人赋予抒情。

高院森森。斜阳暖照。树影横斜。时光漫溢。

2020.11.16

十一月该有的样子

这雪说下就下了。

湖水凝固，红柳缄默。

阳光给予的祝福，就是从厚厚的云层里保持若有若无的光亮，如果雪停，它定会第一时间破壳而出。

雪的深处，压低了生长的声音。长风里，最适合熬茶，温酒，守一暖炉，以高原最原始的方式慰藉风尘。也恳请雪再大一些，覆盖住所有裸露的部位，包括我还没有收回来的思绪。

雪野里安眠的花，以荒凉的寂寥，停在彼岸。无星无月无风，无人发言，灯火长空，昆仑在深蓝色的暗影里着银袍，肃穆而优雅。

今夜，我被雪雇佣，奉命奔走。至于停在哪里，只有雪说了算。

2020.11.20

春　天

春日多情。

想艳就艳，想素就素，想开就开，想落就落，收放自如，像季节的王。

每个季节都顶上春天的花冠，并冠以高颜值的美名，它从来都是季节中的贵族模样。

春天居住的街道是临街对面一单元一号，它也认得我是故人。每一次，想起它，总是想把所有的形容词都用上，抑或是想把所有的花环都挂在它门上。

有时我会忘了它，在漫长的凄苦等待中忘记它的模样。

只有在四月里，才出现在小镇上的尤物，也只有在那时我才会让记忆回来。

诗人说：凄苦的等待，是在等一个重要的人。

已经说不出疲惫，已经说不出茫然，已说不出那身不由己的绝望是多么的忧伤。

竟然，会在这样的忧伤里有一种不能自拔的享受。想到光芒和华尔兹，想到风沙和寒冷，都相互抵消。

住在临街的春天，你总是去远方游弋，却从来不上锁，那门框已松动多年，蒿草长满墙角，青苔覆盖的院落，羊羔都不想进去转转。有时我会进去坐坐，摸摸你曾经扶过的门窗，卷帘的样子，低头的样子，生病的样子，漫无边际的曾经，比天空庞大。

如今，草尖上落满了绝望的灰，破败的院落，遗弃被无限放大。

　　春天许下的皈依太浅，在无边无际的寒风里恍恍惚惚，戈壁、山峦、帐房，似乎都在盛开，似乎都已凝固，我只有一步一叩首，祈求它的脚步再快点，再慢点。

2020.03.01

同　行

雪花执掌原野，肃穆辽远，赶路的人打马而过。

我们不断谈起阳光、雨露、麦苗以及下在春风里的春雪，究竟谁是谁的举证呢？

一些美的禁锢毫无理由地存在着。上一年度的春天不知不觉地复制成今年的春天。

当我们不再惊讶的时候，自觉地在雪花里种下七色花朵和酸酸甜甜的果子，从山脚到山顶，瞬间淹没了忧心，在雪色中敲碎光芒，从此，相忘于江湖。

就让我们在春天的箭镞中看风雪交融，山河相亲。

2022.02.06

春 雪

这些年早已习惯于这样的告别，落地即融，边出现，边消失。
春天也有坏脾气，冷漠，孤傲，调皮，不顾一切……
大地是唯一的承受者。

时光会找回真相。
它们是在用身体丈量春天的长度和宽度。要让春天发光，首先自己要率先
熠熠生辉。
最明亮的春天后脚就跟来。

2022.02.07

春天的序曲

它吹枯瘦的枝叶，也吹花朵，碎纸片，塑料袋，细沙粒……

一阵风和它喜欢的另一阵风在柴达木与盐桥路的交会处相拥打了个升腾的旋，各自千里。

所谓空旷的心态，除了风，谁会如此一扫而过呢？

重复的，没有变化的春天序曲。

2022.02.20

昆仑之水

汹涌的，或静水深流的，都要从冰层下第一滴迈开脚步的水开始。

不断地让自己蜕变，从坚硬中抽身出来，柔软到不与一株草一粒沙争高下，匍匐成最低的姿势，心里却装着山川、星空、太阳。

昆仑山的冰凌开始松开自己的时候，山河俯首，万物起身。

昆仑之水，它所有的孤独和孤傲都在春天得到消解。

昆仑之水，眉目含情。

2022.02.21

时光机

三月的风就要吹过来，我的心去了远方。

不知是哪一片云彩下又多了些惆怅。

在心的路上，翻山越岭，总想着每一个隘口过后都是伊甸园。

二月的冷，三月的暖，四月的消息，五月的传播……痛苦的人陷在过去，快乐的人停在此刻。

记忆不死，时光封坛，谁在秋天的黄叶里埋葬骨头？

所有的先知先觉，都是在后来的时光里得到验证。

钟摆每摆一下都在生生地念唱：时间好慢，时间好快。

2022.02.28

花及其他

一枝桃花，开在高处，孤傲又孤单。

格尔木河畔，看流水自顾向前。纤细瘦弱的植物们是不谙世事的旁观者。

江源路上，两旁的杏花已经收起了今年的写生作品，只留下一些青涩的枝柯和另外一些想象。就几日，我错过了初春的繁华，实在可惜。

我甚至很快忘记了不在场的小小悲伤，这是不是人们常常说的解离？

镇上的树们一身鹅黄，朦朦胧胧的，似乎伸手一摸，那些嫩黄就会融化掉，不禁一个寒战。高原，绿，来得如此不易，脆弱，经年不变。

而盼绿，又是多么有耐性，足足等了一年。

黄昏的雨，只是象征性地擦拭了鼓胀的嫩芽，至于泥土有没有看到，我不能去猜测。只是我隐藏在雨中密密麻麻的心事还没有掏出来，就草草收了场。

2022.04.28

戈　壁

在五月之前，春天是喊不醒戈壁的，绝不是装睡，那是戈壁一贯的固执和尊严。

马匹和牛羊埋首于记忆。罗布麻守着去年的香。梭梭树，红柳，风滚草……总之，这些都还睡着，与罗布麻有着同样的生命场景。

鸟类，虫子是戈壁上的先驱者，它们刨地，敲击，啄食大地和干树枝，像是母亲翻拔冬天埋在地里的韭菜根，又像重复在黎明摇醒酣睡中的孩子。

紧挨着戈壁的是盐碱地，他双肘互抱，威严沉着，终年不露一丝笑容。

五月，戈壁还在山寒水冷。冰面四处开始有崩裂的痕迹。赤麻鸭留鸟部分已经敲湖而来。可能是从其他什么地方而来，等春，消夏，度秋，而后离去，而后再来，安度时光。

戈壁的动荡要从五月开始计算，十月底完全结束。五个月的春夏秋混合在一起，如果不掐时间，分辨三季也是难的。

就这样一年一年地走过来，戈壁人从来不挑三拣四。

2022.04.20

春 天

鹅黄色的春天，枝柯更像画板上的颜料。整齐地，错落地，忽远忽近地存在着。翠生生，毛茸茸的，是视觉，更是触觉。

这是一种愉悦的陈述。沙尘在春天的嫌弃中退回到低处。现在，叶子要说话，花瓣要抒情，天空要打出最鲜亮的背景。

看风景的人走得很慢，也可能是在追溯上一个春天，也可能是在指点当下的春天，也可能是在怀念心中的春天，她若有所思的步伐无不让人疑惑春天与之的交集。

春天，赋予所有词语色彩。活色生香的世界总是富有无限美学含义。于是，春天有无限放大的美好和期待，像云朵低垂时的羞涩，像牛羊舔舐的青草尖尖。一切都是春天的性格和尊严。

2022.04.19

雪及其他

一

昨夜的雪是从我心事中抽离出来的冷，一定是下在凌晨以后，因为那之后睡眠才安稳。清晨五点，又被你盈盈的白光逼醒，自是会心一笑。我的心事就这样在大地上平铺直叙，释放得如此完全，实在是一件了不起的幸事。

雪在高高的山顶，疗愈所有的仰望，这是说辞，但藏着隐喻。

二

十九点零五分，雪，停止在八一路的中段。

而我，穿过一场人雪铺设的幕景。

从八一路往西走，我穿过昆仑路和八一路的十字路口，穿过红灯或者绿灯，穿过凌厉的北风，穿过闪烁的霓虹和一个人的目光。

雪花铺天盖地，这是今年以来的第四场雪，它们走走停停，一会儿停在昆仑山口，一会儿停在纳赤台，一会儿停在南山口，它们的节奏符合所有赶路人的情节。

站在街沿上，正在看雪如何落满我的肩，如何包住那一树桃花，如何洒满屋顶……

落雪，戛然而止，就在我行走的八一路中段。

更多的车继续往前走，行人已经寥寥无几，这些动向早已写进一座城市。

昼与夜的结合部，节奏有快有慢，终会慢下来，成为一种不朽的静。

被雪花凌乱填充的城市，充满湿漉漉的水润气。

这恰合时宜的雪，定是要把春花的命运带进诗行的尽头。

寂静，生长，转换是季节发出的最强音。

花瓣滴露，阴霾与阳光握手言和。

2022.04.30

望见榆钱

　　从街边经过，我的心突然被敲击了一下，抬头望去，一树榆钱，圆圆鼓鼓的，挤满了枝头。片片翠嫩，像是玉雕者雕刻上去的堆翠。

　　纯粹的绿，饱满的鼓胀，是花朵尽情绽放的另一种形态。

　　不知为什么，榆钱看久了，我突然感到人间的活力与能量。

　　再长大，再延伸，满树都是花，满树都是叶，不必固执地进行区分吧，它们完全可以共用一个灵魂。

2020.04.30

格尔木文学丛书

GEERMU WENXUE CONGSHU

（第四辑）

第二卷

人间

一个讨薪者的表情

地球凹凸，藏匿的江河小于一颗心。

即便是地球不动摇，可是闪烁，顿足，起伏的心时刻都在摇曳。

一个正常的人，一个一本正经的人，一个背着世界末日的人，他的心硕大得能装下地球，灵魂渺小得装不进一个针尖。

他坐在那里吸烟，呼吸，仿佛时间雕刻的塑像。

他苦笑，像石刻上浮起的雾气。

最终，他用语言和固执树起壁垒，严实地包裹柔弱的坚强。

一个独坐的人，对时间有着无限期待，在冰凉的寒夜里，以苦行僧的方式，成全自己，扼住他人。

2020.01.08

等待解救的人

　　无法识别的端倪，与怯懦的坚强一并存在。

　　叫嚣背后的柔软终是要消融的。

　　呼吸，喝水，吃饭，站立，坐下，被梦俘获，从梦中向外跳出……

　　一个单薄的夜，阻挡住任何施救。

　　写故事的人，也是故事中的主角。始终认为没有反叛那还叫电影吗？你是哪一个角色？该不该持械？该不该化妆？自由即好。

　　当我们躺下去的时候，世界是什么样子？要看数辈子。怎么看，也觉得今日最好。

　　转身即是另一个自己。

2020.01.09

拐弯处

一

春天艰难，像关了禁闭。

透明的篱笆怎么也打不开。露珠一次次死去。

期望长满仓皇，就像初春的山坡还立着去年的茅草一样，无动于衷。

这无力的慨叹，何时才能收场？

我的大门也上了锁，不出，亦不进，在灵魂里建造堡垒。看世界周旋，从云朵里挑出最黑的那一朵。

在拐弯处，我看见安静的狭窄，宽阔的山坡，游走的云朵。

有人在雨中举伞而来，来渡谁的今生？或者来世？

抱紧自己，何愁抵达。

二

春天戴着斗笠破土而出，蝴蝶正在准备彩色翅膀。

谁在春天里划船？波涛汹涌，谁眠于浪尖之上？

去年的露珠还没有遇到同行者，谁也不能确定约定的路上是否还能等上。

清晰的界限又模糊了。

这活泼的春天，是我们灵魂想去的地方。

三

有人从冬天回不来了，他的春天也意味着结束，每一秒都是后退的梦。
那些生死挣扎，那些苦乐悲欢，那些是非荣辱，是一朵先高后低的云朵。
破裂，归去。
明早不再相遇的人，也看不见我揩眼泪的悲痛。
大地托不起苍茫的疼痛。
灵魂独吻，欲望退回。

四

我的手指在混沌之中指向黑夜，今夜，注定是悲哀的色彩，纵使那远远的灯光摆出整齐的目光，今夜，也太渺小了，无法照亮我的南方。
夜，会咬破谁的生死？昼，在哪里羽化？迷，是迷茫的迷。
从灯光里抽身回来，从屏幕上搬出湖北、四川、重庆、湖南、陕西……抱在怀里一遍遍地擦，抹去苍茫的疼痛……
世界澄澈，万物醒来……

2020.02.03

路上的风景

风，终是停了。

火车的鸣叫又开始清晰起来，树叶和花朵正在抖落身上的尘土，早市的凉棚和行人的墨镜相互掠过，一切正在恢复成夏天的样子。

清晨，有些寒意，这就是小镇独特的夏天。

首先要让自己变暖，才能站在阳光里，也只有不断地接纳，才能被爱抚，因为期待，所以必须接受任何事物的到来和离去。

一切都将过去。例如风，风暴，不可抑止。

终究还是会抑止的。

而生活，必须穿越它去寻找，也必须接受下一秒的沙尘暴。

无法改变的冲动和静止，也无须挣脱。

借着高原的高度，丈量柴达木的辽远。

2020.05.30

真 相

万物距真相咫尺之遥，却看不清它的面目。

殷切和笑容如一场薄雪，覆盖住幻变的内心。

深知"横看成岭侧成峰，远近高低各不同"，每个人看事物立足点不同，所呈现的皆不同。也深知"不识庐山真面目，只缘身在此山中"。还知：不知者，不为过。可明明是知道的，却装着不知道，还体面得堂而皇之。

"子曰：朝闻道，夕死可矣。"这沉重的肉身与生活的目的，只有发自内心的喜悦，才可能长久啊。

躲藏在迷雾里的幸福感，稍纵即逝。

只好在简单的疑问里三缄其口。

2020.05.24

春天来了，可我的担心从未散场

我看见生命的延续和逝去。

光阴荏苒，命运无常。

在遥远的高原，闪电把我的担心劈成一绺一绺的经幡，除了祈愿，我束手无策。

结束吧，我斩钉截铁地说了多少遍？

屋前的榆树一定是听到的，每次我看它的时候，它都会摇来摇去。

2020.02.10

世界美好，莫逆于心

时光是音符，我们都是琴手。

我们不断从心灵出发，带上干粮，防疫服和疼痛。

与不同的音律碰撞而过，重合的极少。

山风刮得紧，山花匍地而开。它们娴熟地收拢和打开，从不纠缠于难以分辨的好坏天气。

因为巨大灾难降临，我们每天在静默中守住活着的幸福。

似乐，似风，似花。

世界美好，莫逆于心。

2020.02.09

一　念

　　和朋友聊天中，我一次次捧出闪光的意象：草原，雪山，湖泊，胡杨……似乎这些能为我单薄而贫乏的生活增添些许光亮。

　　其实，所有人都在掩耳盗铃，总是有意无意地遮掩着自己的懦弱，深埋自己的胆怯。

　　一念中，隐伏着深渊。

　　其实，有什么关系呢？三千世界，生而为人，我们终将会离开，遮遮掩掩顾此失彼，这又有什么意义呢？也许，某一刻，恨不得世上连一张纸都不要有，更别说去捅一下。

　　甩不开的，只是那一执念而已。雨来，有伞，尚好。无伞，也能行。哦，这凉爽，为觉知。

　　如此这般，也能照顾好自己。

　　善护念，心方安。

2019.10.28

冥想春天

春天破土而出，养蜂人开始收拾行囊。

谁在春天里划船？波涛汹涌，谁眠于浪尖之上？

去年的露珠还没有遇到同行者。在约定中，总有人失约。

清晰的界限模糊过后又是清晰。

这活泼的春天，是我们灵魂想去的地方。

2020.02.12

失 眠

夜色失眠，深如海。
星辰与露珠，各自擦拭光芒。
夜的幕布，遮不住喧嚣。
谁在空寂的剧场里，一再登场，反复谢幕？

2020.05.18

百　合

　　从南方来的百合，开得波澜不惊，又恣意随性，没有谁能预言你究竟能开多美，但终是会开到荼蘼。

　　百合自带香囊，多数时间是在香气缭绕中抵达坐忘。

　　它打开香气的城堡，把自己解救出来，那勇气与力量是成正比的。

　　只要光阴还在，它就会折射出人间烟火。

　　为自由，它释放美好，容纳戈壁和大漠。

2020.07.27

致好友

杯中的酒，刚刚饮尽，所有的柔软和从前便如约而至，汹涌澎湃。

举着无人诵读的酒杯，宴会沉默如画。

曾经醉里摇枝，覆下了多少残叶和落花？

匆匆，匆匆。

时间的所有苦难和慈祥，已经在一支香中燃尽。

在泛黄的月光中检索故人，我熟识的，深爱的友人，回过头来。

我蓄存的眼泪落向往事的灰烬，来生那么远，我只愿与你在今生步步生莲、款款而行，把所有坎坷走成坦途。

2020.07.04

格尔木

一

灯火起来的时候，小镇是红色的，像唇釉，于苍茫中闪烁着魅惑。

玉出昆仑，小镇是昆仑山下的一枚美玉。

依傍昆仑山，小镇名叫格尔木。

一个河流密集的地方，众水中的城，仰望大水自天上来，洗去苍凉，熠熠生光。

二

秋风吹落的第一片叶子，来自我楼下的白杨。

柴达木西路，春风浩荡之时，那棵白杨，洒下的阴凉，抵消了生活的炽烈。

昨天我看见它，已经有一半掉进了秋日的黄昏，一副完全不能自拔的样子。

是的，它或许明天就会跌进深秋。

三

秋日分发黄金和火焰。

白杨在天空描绘金色之城。

金鱼湖的水和草原上经幡摇动的姿势是一致的；藜麦和枸杞的火焰已在旷野中燎原。

格尔木，在九月里酿酒，脸颊绯红。

四

我的陶醉是单纯的，格尔木的一只鸟，一片叶，一朵云，都与我息息相关，就连河底的石头，也是我心头最闪耀的部分。

我的快乐，又一次接受了时光之水的浣洗。

2020.09.27

官鹅沟

一

"歌滩"是个幌子。没有听到歌，也没有见到滩。唱歌的人早已进了深山。

细雨，有意无意地下在寂静的山谷。山峦，截断雾团，一半在山腰一半在山顶，无拘无束。

醉在山野里，不负细雨谣。

流水才是真相。它的花山，它的石头，它的人群，谁看它，它就唱歌给谁听，歌声婉转，在山壁和山谷之间回旋，是另一种流水。

"卧牛山"是"歌滩"的靠山。一些花开在红叶中，是色彩更浓重的那一笔。

三叠湖的酒可以从天黑喝到天亮，就着鸟鸣和流水，雾就从第六杯酒里起身，落在我追赶的月亮之外。

二

遗失在山野里的风景，我要依次去捡。先捡木藤蓼、红枫树、山类芦，再捡露水、河流、瀑布，最后捡岩石，捡山、山崖上亿万年的褶皱。

天上来的水，它随性任性地流动，在去往汪洋的路上，所有有关湍急的词汇都属于它，被它们抚摸过的石头，也被我一一凝视过。

天空压低云层，在淡灰色的天幕下，山野又多了另一种层次，流水走得头也不回。也只有这样的色彩，才能配上秋的风月。

越走越远，在山的最深处，植物们完全改头换面，它们，是山供奉的神。

浮生若再来，叠梦问云天。

三

若非是大海，这山野之中怎会如此温润绵软?

每一团雾中，都有一片大海在返航。

秋天的清晨，露珠从花瓣滴到叶子上，这自然的花洒，为人类的创造提供无限可能。

这时，我在雾中听河流欢唱。

房檐和柳树在运雾，山峦深锁，大千世界若隐若现。

这般柔润，每个清晨的美好都是对生命的重复奖励。

炊烟是对生命热爱的最有力的佐证，门扉已经打开，蜜蜂宿醉在花蕊中忘记归途。

许多年以后，这样的清晨是会被一次次记起的。

坐在山野中的人，不想起身。

2020.10.05

下午茶

茶香漫溢恬淡的时光。

聊天和啜饮将秋日下午的阳光浸泡得更加柔和。

无所谓内容，倾听即好。

把远方拉回来一点，重新咀嚼一次，那些苦难和酸涩以及欣慰，在心里再一次被温习。

用语言刺破的隐忍哪怕只有瞬间似有似无的疼痛，都是我们内心深处的一个蓓蕾。

我们相视而笑。

2020.10.08

深　思

　　回到高处，蓦然发现，我的身体里一直隐藏着的是这片熟悉的土地。

　　高大的山峦，柔软的湖水，蔚蓝色的天空，甚至每一朵云，我都能叫出它们的名字。而这一切，它们从不私藏。

　　马匹，羊群，草原，雪山，盐湖，沙尘暴，月光与泪水，都是沉淀在岁月深处的灵魂部件。

　　无论走多远，无论有多美好的诱惑，对高原，对我，都是值得固守的纯粹。

　　高处，为我储存了生命所需的一切。

　　脚陷得深，意识也塌陷。

　　曾想做一名深山扫叶人，可那叶明明是属于它山，就算是腐烂，也是埋在他乡。在西部的高处，我与一只羊一样，在阳坡上享受，在阴坡上隐忍。站立得义无反顾。

　　岁月，岁月，岁月。

　　磨出棱角的岁月。一半坚如磐石，一半还在浩浩荡荡。

　　骨头里住着悲悯。盛开的却是彼岸花。

2020.10.07

高　烧

那是一片偌大的荒原。酒精塑成的筋骨在横冲直撞，有时会停顿下来，不是辨别方向，而是为了再举一杯。

那只可爱的小鸟模样的人，在瀚漠之中从不想飞离，却在娴熟与麻木中婉转地挣扎。

背负着行囊，在出走与留下之间徘徊不定，准备好随时奔赴一场用希望打造的盛宴。

那些幸福和憧憬的诗行已经远去，时间是新的也是旧的。

余下的时光也很脆弱，火烧会痛，水淹会慌。

你取出的爱，高烧不下。

2020.08.23

牙 齿

还有多少硬骨头需要我们用牙齿去面对?

火柴盒,装着不确定的火。

装睡的人永远在装睡,抱紧夜的盒子,把自己摁到暗处,侧耳倾听啃骨头的声音。他从啃啮声中辨出那些根本叹气声。装睡的人嘴角上扬,似乎做了一个不屑的梦。于是继续装睡。

认真做事的人仍然在认真做事。比如那个啃骨头的人。他用锤子砸碎了骨头,挑出一根已经凝固的完整骨髓。他熟练地吮吸进嘴里,满足。这是生活发出的应有声音。

四处散播不屑和高傲的人,在荒野里踽踽独行,望着远去的诺亚方舟,把自己塞进泥潭。

深夜,我想着那些整齐的牙齿,它们切割着食物,切割着世间的闲言碎语,还切割着真实与虚妄。

但牙齿始终切不到光。

2021.11.09

人世间

高原阔大，胸怀旷野。

我的日子装着奔跑，用脚步丈量苍茫。

我仍然需要阳光地活着，却经常被一些词语卡住喉咙。

那念过经的护身符也不灵验。上次磕长头磕过整座城的信者，不是深情看过我一眼吗？

意象中的刀锋比刀本身还要锋利，是不是有神的旨意？

那高蹈的旨意，让我的肉体凡胎在火中成为灰烬，在旷野里星星点点。

2021.11.23

改革书

现实紧迫，比起火苗燃起的导火索和安然无恙的现在，要恭顺地谢谢。

谢谢临界点与月光的到来还都在路上。

无法想象的开始被联想。许多个意外画出鳞次栉比的屏障。在无数担心里画出忧伤和安慰。

预演的戏，没有署名，也没有掌声。

秋天的繁华就要落幕了。果实的甜蜜都要归仓了。收获的人把十月也收回去了。旷野又回到辽阔，那样一览无余的硬伤。

谁的叹息让烛火摇曳的幅度越来越大？

2021.10.18

从人群中走失的少年

一

从人群中回来，长舒了一口气。

我轻轻地放下，昨晚装在心里的石头。

其实我装的是凶器。现在开始擦汗。

二

暂时安静下来了。在这个宜"开市"的吉日里。我找到了一个安静下来的理由。

不用扯着嗓子喊。不需要与每一双目光对接进行确认：是否听懂？一系列的关联词和一系列的关联动作我都可以放下了。

现在，我该想那片湖水，那片绿得心慌的湖水。

释怀，瞬间。

风停了，停在我眺望湖水的时候。

三

有些事情值得努力去做。它的痕迹值得一生去保留。

过程的确艰涩。但并未妨碍阳光和空气逐一回头。

四

不想听到的消息还是来了。只好在深夜里发呆。

第一次知道什么是动荡不安。

光阴铭记的，也是最初最好的怀念。有冬天，有火炉，还有我们青青葱葱的年华。

今天，我为什么落下眼泪？

五

察尔汗，湖水。

湖水，察尔汗。

一九九七年在达布逊里拉船的少年。

苦涩的湖水，甜美的奋斗。

盐粒发出的回音，应该是青春最美的旋律吧。

六

多么深刻的领悟。

小镇，生出那么多的意想不到。

湖水不懂，阳光不懂。人，似懂非懂。

那个走失的少年，何时能回来？

2021.10.22

天亮了

一

天亮了。想醒来的人已经醒来。

在一杯茉莉茶中，回到昨晚……

彩虹妹妹的彩虹生活、追着爱情跑进一座荒凉之城的张姐、盼盼的企盼、被格尔木收留的表姐……

她们心里都种着一朵大大的向日葵：向着太阳，粲然而开。

二

茶再续上。之于昨夜，之于那些滚烫的深处，是——被降伏的豹子。

许久以前的冰块，随流星陨落并碎裂。拼接起来的七七八八的生活状态有图腾般崇拜的美景。

左手时光，右手爱。

她们向上慢慢攀缘，留下生命应有的轨迹。

三

马尔克斯的城堡昼夜如白,独行者在孤独的悬崖上自行勒马,女人们一如既往地做那个最克制的自己。

我所能想到的这些,都来自女人们隐藏于胸的星星。林林总总,表情不同,光圈大小不同。

四

生活依然是她们的生活。故事是杂糅后的生命交响曲。信念不断,就会一直向前。

2021.10.24

想也想不明白的事情

一

天空开始拒绝抒情，我在四面湖水中陷入迷惘。

深绿浅蓝无边无际的绸带，无风也抖动。是哪里来的力量让动荡有理有据？

亿万年不曾干涸的湖水，在哪一条轨迹上运行？

深深的谜。

二

还是在纠结一些事物。

庄周和蝴蝶呢？

翩然而动的事物，让夜的深刻如此清晰。

无法入眠的理由又重新回到床上。

三

为什么不能像云朵一样剥光自己，接受太阳的拷问？

我用沉思裹紧自己，沉默，但不停下脚步。

2021.10.23

小城有雨

小城有雨，连续一周。

或深夜或清晨，淅淅沥沥，氤氲出少有的温润气息。没有任何时候比此刻更让我喜欢这座城市。

被雨水擦洗过的天空，蓝色是一种深刻。

夏季的格尔木，雨水是一种光线。雨水守住群山，雨水豢养河流，雨水紧紧抱住大地……

雨后，天空一寸寸地松动，树影婆娑，风时有时无，一切都被自然安排。

这些年，我在高原上赞美过的那些深邃辽远的蓝与白，以及珍贵的绿，它们没有被雨水冲洗，也有美好的时刻。

雨水是一种美好，落下是否就是美好的一种延续。

2021.06.19

父　亲

一

脚步还是慢了下来。路变得越来越长。

五月三日。青海西宁。

风来自远方，卷起梨花雪，送往远处，仿佛是父亲的出生，生在故乡，活在别处。

从川西大山走出去。参军，转业，支边。在青海穿越了五十余年的风雪。漠风深知你的坚持和坚韧，从长夜连绵不绝的煤矿井下，到白昼炽烈的盐湖，咸涩的戈壁上，一枚坚强的石头，撞击出生活的火苗。

星空浩瀚，一粒盐，走着自己的黑夜。

坚定。执着。

在辽阔的西部，这是一个男人的信仰。

二

人生多数转弯时，就成就了另一个自己。

松花江畔的军营里，他接受锻打与铸造，英姿飒爽的他，磨砺了一个男子的坚强。

三

选择成为青藏高原上的一株草。选择了扎根在无边的风霜雪雨与苍凉中。

以期待和梦想的方式承载时光的轻与重。

四

三江之源。

山峦，石头，自然的乾坤，在数亿年前成为祖先。

开拓在风中。

踏勘队，路过的人，洞穿戈壁，向亘古的荒芜进发。

喷薄而出的，是古老又新鲜的朝阳。

在大戈壁，认定它无限沧桑以及命中的自己。

五

抵达，是高山般的承诺。

用青春，绘就梦的图腾。

大漠为家，千回百转。

燃烧的青春，越过贫瘠的封锁。

白发的父亲正在走来，让时光有了些微的摇晃。

2021.05.03

侧身而过的鱼水河

再走过一片星空,鱼水河的几棵小树就可以绿成春天最深情的样子。

那一片草原的呼吸也就顺畅起来,那一棵棵的芦苇,也就柔软起来。

河流在鱼水河那一段侧身而过,春天越来越宽阔。

每天和它擦肩而过,来不及停留,与流水目光相接的刹那,我们彼此都已流远。

2021.05.25

米　粒

在水田里，米粒还深藏于闺阁中。

它们慢慢饱满，让等待在时间中变得成熟。

它们在时光中蓄积着甜，沉淀着丰足，集合着人间的白。

它们在风雨中摇曳，以柔软的挺拔之势，举起一个民族的存亡。

它们让人间烟火更为茂盛。

它们在暮色中起伏成最温和的浪花，教你学会低头，但不折腰。

而现在，我写下米粒，是因为我会思念一个人，一个曾想在禾下乘凉的少年。

2021.05.24

读　夜

喜欢夜的凉薄，也喜欢它厚实的柔软，星光的钥匙，插入夜的锁孔，对夜的认知，只有打开，才知道黑暗的厚度。

什么样的人可以做到在夜里沉默和沉稳？

是省略号？但一定不会是省去或者完结。

读夜的，是心。否则高山叠嶂也无法周全。

2021.05.23

五月里的怀想

五月，高原偶尔用雪花和冷雨抒情。

夏日已来，夏日未来，绿树红花尚显单薄，却已抚慰了渴望的眼睛。

绿水，青草，马先蒿已经醒来。

小满过后夏至就要来了，旷野的魔术师会变出什么内容呢？

高原飘雪，而南方，稻禾迈出了小小的步子。

"禾下乘凉，盐碱滩涂可种粮"的那个追梦人已去了远方，为他送行的，有十四亿人民。

2021.05.22

一棵盆栽树

终于还是发了新芽。

偌大一棵树，在房间里已经沉寂很久，默不作声。

两年里，它陷入了陈旧的岁月。

它决定房屋的氛围。屋子的安静干脆就是它说了算。它的沉默，它的肃立，像一具垂死之骨。

没有风吹，没有雨淋。

新生的叶芽，像是它，一声小小的喟叹。

2021.05.31

听花儿生长

阳光温和，树枝微动，现在，《花的故事》中，花木萌动。

和书里的花儿一起醒来，相互助力，彼此鼓励，阳光穿过窗户，照着我，也照着书中的草木。

微风帮我翻开花园里新最的泥土。

文字安静，阳光安静，这样的场景，最能抚慰灵魂。

春天潜滋暗长，与文字中的春天互为镜像。

在书中，花开的秩序最好再慢点，让蜜蜂的飞翔再优雅一点，让时光的颜色浸满每一个花瓣。让蝴蝶能在飞行中辨别方向。让春天成为春天。

春风，春雷，春雨，也要慢慢地来，让大地一寸一寸地被滋养。

这样单纯的一本书，单纯得只有花儿生长的声音。

这样一个下午，就要过去。感谢时光的赠与，感谢花儿的安顿。

2021.02.14

一月一日

　　凌晨的爆竹响过之后，我们开始讨论春天，以屋子里的绿植为引子，开春后，就再多移植几棵，扩大春天的范围。

　　被寒凉包围的夜，先生出了一个关于春天的理想。

　　从凉夜中挣脱出来，那些让人安慰的色彩，多么美好啊。

　　和我们的急迫期许相比，那些赤身裸体站在雪中的树们却睡得很安稳。

　　这让我们在冬夜讨论春天的时候，多少有些羞愧。

2021.01.01

戈壁滩上的路

风滚草开始奔跑，风，为它们指引出一条条的路。

列车经过的站台，已经许多年没有看见过停靠的列车了，它太小了，小得我每天开车路过那里都是忽略而过，只有夏天，站上的几棵树绿得浓烈，把小站罩得严实，仿佛青藏铁路上的一个顿号，前面是格尔木，后面是察尔汗。

察格公路穿过草原、戈壁、盐碱滩，穿过深冬的清晨中，穿过或浓或淡的雾气。

海市蜃楼，出现在路的前方，有时把盐田堤坝抬到云端，有时把矿推举到山顶上，更多的时候，把察尔汗工厂的厂房投映在天空的幕布上……

一条戈壁之路，为我时时上映着虚幻又真实的幻灯片。

2020.12.05

住在南风的城市里

含着露水的珠海，在晶莹中醒来。鸟鸣是刺破黎明的第一根针。

因为温润，昨晚的梦也生出了水汽。我还没有醒来，雨在情侣北路已经洒了三遍。三角梅与望江南对视，那份艳丽已是经年了吧。

就这样，成为南风的一部分，只是，我不会像羊角豆那样马上开出花朵。在凌晨吃完河粉的人，眷恋的不是热浪，而是昨晚那杯凉爽的冰啤。

一束风代替了海滨，只是轻轻抚触了一下微醺的额头，碧绿的上午，就这样自然地打开。

2020.11.23

十一月三十日

远行后，回家的速度总是比火车快一公里。

绿色马匹，越奔跑越宁静。

群山列阵，迎迓着远行人。

心，总是跑在前面。

归来，到底来自速度，还是空间？

骆驼在冬天的旷野低头吃草，那么美的雪山对它没有诱惑力，陪伴或许是最长情的慰藉。

2020.11.30

团　年

除夕，能赶回来的，都已归心似箭：亲人，还有祝福。

这个清晨与往常无异，只是多了些美好与期待，并把期待与心愿张贴在门扉上，向世人告示。

鞭炮渐起，父母在上，敬一杯健康长寿酒；兄妹在旁，敬一杯互帮互爱酒；晚辈在下，敬一杯团结奋进酒。从明天开始，所有的目标都将有一个定数，所有未完的目标都将继续前行。

走远的日子，已经无法重逢，没有那么多来日方长，此时就是美好。

从清晨到黄昏，我们宁愿自己忙着，也宁愿自己无所事事，总之，这一天，热爱与慵懒，都是说得过去的。谁又不是把一屋温暖过成春天呢？

2022.01.31

日 子

一

凌晨六点厨房的灯亮起来，是烟火在人间跳跃。

在厨房里撞击出来的声音，是生活的回声。

母亲心中总是藏着答案。早起，和面，剁肉，快乐谙熟于心。

她只是不时地回过头来，我一次次看到了母亲眼中的幸福。

二

我在高原奔跑，日子也生出海拔。

阳光把上一场雪收回到一束光中，它不仅包围寒冷，也被寒冷包围。是烈日灼心，是风刀霜剑。

万物皆不虚空，一切皆有意义。

牧羊人躺在山坡上晒着太阳，刷着手机，云朵围绕着他，他的牛羊顺着风的方向仰望昆仑。

三

时间不断说话，有一千丈那么长，有六十三度的酒那么烈。

"等过了这些时日，一切都会好起来"，疲惫里的安慰，永远都只是一种期冀。

侧耳听，有一颗心阒寂无声。抽丝剥茧，光怪陆离。

四

肋骨间插着旗帜，风踩着风火轮，呼啦啦地……

无边的风月，万亩阳光。一亩心田种下落花。万般绚烂，皆为定数，千般落寞，皆有归宿。

你的日子无人可复制。

泥潭里的藕知道自己走过的夜路，你的心知道痛过的次数。

五

土壤和露水，灯光和黑夜，沙漠和干涸，它们是表象，也是真相，是谜语，也是谜底。

奇迹，在天亮以前都将保持最深的沉默。

晒太阳

每一束阳光，都恰到好处。

它俯照人间，穿过黑暗，消融阴冷，质朴，纯净，纯粹。

它落在母亲的白发与脸上，照在母亲闭着的眼睛和一个薄薄的梦上。

我想写下：

这慷慨的赋予多么有趣。阳光，春天，食物和爱，走到一起，从不突兀。

世界之上，浮浮沉沉。心中的太阳照着清澈的灵魂，明亮自知。仿佛所有的事物，都被阳光爱过了。

2022.03.10

匆匆间

白驹过隙，它扬起的蹄音弥漫成一场大雪。

它穿过晨钟，也穿过暮鼓，它穿过春花，也穿过秋叶，那轮朝阳，在它的背上，渐渐生出暮年的白发。

人至中年，时光太匆匆，那匹白马，无须纵辔加鞭，也自疾驰如电。

中年的焦虑，来不及喟叹，时间的风暴已裹挟着你往前加速奔跑。有时候，就想变成一棵冬天的树，就停在原地，无琐碎枝叶，让肩上落下风霜雨雪，让鸟雀休憩，让一朵悠然的白云，在枝杈上做一个柔软的梦。

匆匆间，它们落向大地的背影轰然而响，美，但如此惊心。

2022.03.28

灯 光

我在滨河公园看灯光。

严格地说是在看城里的灯光。高高低低鳞次栉比的楼宇举着的灯，像暗夜的岸，有数不尽的希望。

灯光，或明或暗，或近或远，即使无人照映，也不会萎缩消匿，不失柔软和温暖的本质。

在昆仑山下，在无边的荒凉的大戈壁上，那些灯光，弱小，清冷，却又无比倔强。它们分开了夜色，将珍贵的温暖提纯出来。楼群，雪山，远行人，各自有了柔软之心。

有一次外出玩归，在沉沉夜色中一望见那些小城里的灯光，我内心的黑就全部消散了。回到家里，书房里的灯光安然地亮着，在屋子里静静流泻，也包围着我。书架上那些书中的先生们，目光灼灼，似另一种灯光，我知道，今晚的灯光，将照亮明天的我。

2022.04.27

`

感谢我寄居的小城

昨天的天空，静如处子，干净，澄澈。

昨日之日不可追，昨日的天空已突然显现出叵测的乌云。

惆怅有颜色，焦虑也有颜色，它们如同变幻的阴云，它们笼罩了水的眼睛和内心。

感谢时光的开导。

感谢那杯冷却的酒，它有效地开导了我。

感谢我寄居的小城：格尔木，天很蓝，地很绿——如同生命赋予的颜色。

2022.05.09

夜　像

夜暗下来，风还在继续地吹，它不断地吹我，好似吹动夜的云朵。

风吹夜色，吹凉星星。

风吹着一排未关严或窗框松动的窗户时，拨动了夜的簧片，居然发出蝉鸣和蛙声的合鸣，桑树、稻田、水井、竹林……一切都在返回故乡的路上……

这些暗夜的动静，像是夏夜的多声部合唱。

2022.05.07

素　描

　　那个点头哈腰的家伙，无所顾忌地在人间行走。

　　他用斯文的假面，来创造虚无中的虚与委蛇。

　　他有奴性的骨，佝偻着腰身，偷偷地在玫瑰中投放暗斑，它一次次跟随，一次次变小又变大，一次次在黑夜隐退。

　　有人认识他，还有人假装不认识。

　　……

　　月影婆娑，它幻化为一城沙，由远及近，来袭。

2022.05.06

五月酒

黄昏如酒，浓酽，醇厚，有人在桃花中站起来又坐下。

五月，天空蓝透。

炊烟，是最动人的抒情者，它时浓时淡的变化，是抒情中早已解开的枷锁。

花才开始鼓胀，叶子绿了，丰盈了，各自发出光芒。和一丛绿站在一起，彼此对视，无须言语。

五月的雪山用风雪梳妆。梅里雪山，玉龙雪山辽远，而昆仑雪山就在面前，我何必舍近求远，去寻找那遥远的感受？

城市夏季的美学开始自由地延伸，像一杯酒，浓香悠长，需细细品味。

2022.05.04

相信是一种力量

多么认真的五月，风掠过广场的郁金香，一次次把香气分发给驻足的人。
香气四溢的五月，万物有情，这个季节，没有轻言放弃的人。
总相信有翅膀飞翔如花，总相信精神可以缓解饥饿、疼痛，总相信万物生辉可以疗愈人间……执着纯粹的相信，是一种钙质。

2022.05.02

五月光

五月的高原，夏天还有着幻象的脸。

银碗盛雪，白马驰入荻花。

桃花已经淡了，它最美的时光已经过去了，发出绿芽的枝柯，将会上演硕果飘香的奢侈景象。接下来，就是梨花出场，一簇簇，挤挤挨挨，白得耀眼，甜得腻人。当然，郁金香的金贵也绝不放弃五月争春，而后的八瓣梅，金露梅银露梅虽不能算是替身，但一定算续章。

现在，阳光的加入，所有的绿植绿得熠熠生辉。我的影子也被镶了金边。

夏天已经开始，光芒渐渐炽盛。

2022.05.01

格尔木文学丛书

GEERMU WENXUE CONGSHU

（第四辑）

第三卷

遐想

一场下在沙尘里的雨

一场犹疑不定的雨，在天空欲言又止。

树木被风一再动摇，摇曳着欲迎还拒。

对雨，我开始久久迷惑，甚至会有情不自禁的叹息。下吧，按下那些尘土的啸叫。

雨，带有洪荒和迷蒙的色彩，赋予万物和每个人。可总有一场雨，只属于我一个人。是的，我的心里有自己的一场雨。

雨会让我回想起一些事，稻田，桑叶，玫瑰，一些美的映衬者，抓住一些战栗。

哀伤可以在某一刻抚平，甚至可以用一滴雨水来慰藉。

雨水又回过头来，带着透明的声音，出现在我能想到的每一个地方，甚至我的脸颊。

我知道了，这就是我的雨水。

2019.08.18

火车上

在火车上，时间是可以忽略的。

火车进入山洞，就闭上眼睛养神，火车挣脱黑暗，就和火车一起奔跑。

雨滴敲窗时，就合上书本，专心地看雨，打在铁轨上，旷野里，山峦中。

不必担心前路，也不必担心前路上的风雨，顺从于一列绿皮火车的指引，顺从于无尽的长路。

走走停停，火车停在一处不知道名字的小站，你就专注于欣赏陌生的风景。火车加速时，有一刻，让人恍然觉得已经快过了奔跑的时间。遐想，读书，看风景，看前进的雨，看倒退的草原。手机信号时有时无，没有信号的时候，我们就在短短的时间里逃离了追赶的生活。

2019.08.08

车过石家庄

蒙昧不清，一场巨大的雾气让世界有了一张模糊的脸：依稀的晨光中慵懒闪烁的霓虹，高高低低的大楼，疾驰的车辆，匆忙前行的人群。

隔着车窗，也能感知到八月的燠热，当然，那些绿化树，街心的花丛和匆匆赶路的人群比我的感受更真切。

那些飘浮又滞重的雾气，仿佛是一座城肺部的浊气。

火车又驶入田野，在绿色大地中穿行。尽管雾把天空压得很低。那个叫郭庄的村庄，在火车的一晃而过中，我还是看清了他。

2019.08.10

和澄澈相关联的时间

这个下午有着纯粹的明亮和洁净的光芒。

风从绿色的树林吹过来，那么自由随意，毫不让人觉得突兀。大片神秘的空白无声回旋。

无人的高地，我在低处仰望。

如果还有些关联，那应该是更大的田野，有劳作，有生机，有安顿，有一切的意义。

这个下午很澄澈。除了天空就是更大的天空。

巨大的空无，被天空扩大着的空无。

我阔达放纵。我明灭自适。

2019.08.17

雨，总是和它喜欢的事物在一起

落雨时，我从不敢大胆地走进它。

沿着风指出的方向，一滴随意落下的雨是愉悦的。

淅淅沥沥地来，滴滴答答地舞，然后万籁俱寂。对它，我存有敬畏，不论落于何处，它总是安适安详地，尽着一滴雨的职责。

这时，我对照一滴雨自我审视。我与一滴雨谁更清澈？被一道闪电点亮，在下落中看到远方明亮的地平线？

好在，它来得匆忙，走得急促。要不，我又要生出何种想象？

好在，它的莅临，快过我的想象。

2019.09.09

坐望在格尔木

挺立在戈壁，烈酒和马匹，罡风和雨雪，在历史中呼啸而过。
柔软的哈达和飘逸的舞蹈，演绎吉祥，被祥云护佑。
西风，骏马刚刚驰骋而过，天空寂，瓦蓝，现实和虚构一样高尚。
双手里的家园，奉献者在上，享用者在下。尊重在左，奋斗在右。
留守，或许是一条狭长的空隙。
格尔木，一个能留住灵魂的地方。

2019.09.21

昆 仑

皓首如雪，独对苍茫，在神话故事中擎起一个民族久远的历史源头。

在人间，它最为耀眼，威严，是父亲般的山。

自由，舒展。自一个高原到另一个高原，逶迤而来。

他捧着花香，也捧着风雪。

敬畏细小的，庞大的，由远及近的存在。

大地之香，席地盘绕。

我们，在香气之中，在香气之上。

2020.02.06

穷 尽

穷尽，是一个动词。

无声无息，在暗中使尽力气。

摇曳的灯光耗尽了最后一滴油。

从南国发过来的鲜花，终是在半瓶清水中寿终正寝，那么纯净的水也无能为力。

流逝，就像我看过你一样。虽然有记忆，其实都不复存在。

2020.02.05

红尾鸲

整个下午，我都在龙仁青先生的文字里捕捉红尾鸲鲜艳的羽毛和清脆悦耳的鸣叫。我没有见过红尾鸲，但我知道它另一个灼热的名字："火焰燕"。

青海湖周边草原上的牧民把红尾鸲叫作"喜尼策"，贵德地区的藏族人把它叫作"喜万德"，青南的人叫它"喜沃玛"，这些名全都与它身上漂亮的羽毛有关。

一下午，我就在龙仁青先生文字的旷野里、草原上，在藏人的牛粪炊烟里，喝着新鲜的奶茶。隔着喧嚣，往事前尘。还装模作样地学了几声红尾鸲的鸣叫。

合上书，那胆小又漂亮的鸟儿仍在不断地啁啾。

2020.06.26

想到一天早晨

　　想起和燕子一起醒来的清晨。

　　我和一只燕子一起享受了早晨的静谧和美好，还有茂盛的人间烟火。

　　绵延不绝的人间烟火，在泥土之上，在坚实的大地上。

　　那天清晨，阳光 5 点 30 分就照在屋舍顶上。

　　村庄的柴火味随即而来，牛羊开始骚动，鸡鸭开始聒噪，屋后的乳苣、牵牛花、苦绳、唐松草也抖擞起来，尤其是为农人常年食用的亚麻，开得浓密，在柔软的阳光中，展开扇子一样的裙摆，以清新脱俗的紫色，凤尾一样的经络，高贵地举在阳光中。

　　在甘肃金塔县一个叫作晨光的村子里醒来，真好。

2020.06.18

遥远的那尊神

听说达坂山上在飘雪，在六月中旬。

想起那尊塑在山顶的神，这个季节，他一定很孤独。山坡有牛羊、绣线菊、龙胆花为伴。而他，站在那么高的地方，栉风沐雨，只做大千世界的佑神，唯独忽略了自己。

不知路过的凡人是否投去感怀之心？是否注视过他慈善的眼神？是否在心的深处燃一支香？

听说云雾从昨天就开始漫过祁连山脉，我的眼睛里总是升起那尊神。

在那里，他只做自己，而且做得足够高大。他仿佛一朵云，又仿佛一座山。

我总想为他送一顶帽子，为他做一件披风，像对待尘世的人一样，如此，他就成了我身边的凡人。我这颗俗不可耐的心啊。

2020.06.16

遇　见

是的，亲爱的生命。

感恩上苍赐予遇见。那位叫"一叶莲花"的女子。

此刻，你的沉默和静止，定是在蓄积鼓胀的能量，作为一株植物，要在时间的安排中努力完成一个轮回，在打开芳香之前，让满世界建构芳香与渴望，多么精致的努力。

太阳到来之前，我的熬茶正在泄漏醇香的秘密，我的灵魂正在脱离身躯。我感觉万物的存在，我听到世界的歌唱。

时间的触角，总会不经意间摸到善良而宽大的网。

乌云劫走太阳，却把田野的露珠还给了我。

2020.07.19

绿皮火车上

绿皮火车又停了一次，像是疾驰的时间得到了停顿。

戈壁上的风景，绿皮火车看了又看，读了又读。当然，它还一次次读过连绵的雪山、柔软的草原、蓝色的湖水。

它看见彩色的戈壁，看见胡杨、梭梭草、海乳草等一众植物们掏出最绚烂无比的色彩，收获了蓝天白云山峦和我的赞美。湖泊，这戈壁上的眼睛，与它完成了一次次对视。

经幡在山顶替风飘扬，把经文的声音念得无比辽远。

暮色就要漫过群山，绿皮火车就要驶向远方。

2020.09.20

去草原

还是那个时候，经幡飘过的头顶，有风的抒情。

秋天，大片的草正在回家，牧人们建起了更厚实坚固的冬窝子。羊群，帐房，酥油，炊烟，这些温暖的词语，构成了牧人的生活，也诱惑着我前去。

我们永远无法把这些分开来看，一顶帐篷，一圈羊，一条小径，一只牧羊犬，就是一个家园。

在高原，你可以忽略一座城，但无法略去一顶帐篷，一座蒙古包，一碗奶茶。

去清水河旁旦增的家，去他的帐篷里喝一杯甜茶，是我热爱草原的另一种理由。最喜欢听旦增讲半生不熟的汉语。他帮我把陷入泥中的轮毂扒出来的时候，洁白的牙齿真好看。

我知道，秋天过后，草原又开始变得坚硬起来，虽然走散的风也会在这里停顿一下，但多数时间，旦增会与它们一起奔跑。

看，旦增的羊群翻过山岗，又从山岗上归来。

2020.10.09

咏 夜

晴空里，却躲不过一道闪电，它甩出的鞭子，就把我的清静劈出一条裂痕。

一边颤抖，一边祈愿。

走夜路，不带灯，就大声地唱，动摇黑暗的根部。

相信，天明之时，露水还挂在草尖上，夹竹桃依然开着跟去年一样的花朵。

蚂蚁从一个金色南瓜上下来，它在今晚，是否会拥有一个硕大而香甜的梦？

2021.12.15

塑 造

旋转的旋涡停留下来，湖面平静得如一方丝绸。

察尔汗，瓦蓝的天空，白云表现出若无其事的样子。白色、褐色盐碱地上，淡淡咸咸地传递着窃窃私语。

三十艘船只，几十个湖泊，抬眼就是辽远，紧紧相连的碧波涟漪，彼此照应，相互呼应。隔着湖堤，它们传递着相同的心跳。

有巨大的波浪涌来，活灵活现地翻唱着昨天的歌谣。遥远的别离故事，岸边有蜃气滚动。

几亿年前是海，是山。

前世的形象，今生塑造的可是坚实的海市蜃楼？

2021.09.10

思 考

一

利巴韦林液体，给我重新思考的力气，随后便是小小的警醒：不能再大意了。

我喜欢这种痛苦后的彻悟。

幸福感便从利巴韦林里流淌全身。活力正在恢复。

因为我知道身体无力，诗歌也会疲软。

二

没有云彩，大地就失去了仰望的意义。

人们在眺望中的一次咋舌可能就是来自云朵的一次不同凡响的光临。

蹉跎的人间，总有突然而降的一部分内容满足到你。

纠结在某一件事上是多么多余。如果用布洛芬缓释胶囊就能够解决的事，又何必对身体大动干戈？

清醒的时候就说清醒的话，迷糊的时候就不说话。平凡中总有不完美的内容叨扰到你。

低头过去就好，转身还是自己。

努力即好，解释和注脚都是后来总结时要做的事。

推倒固执的墙，广阔天地有馨香馥郁而来。

2021.09.24

中元节

窗外又堆满了亿万吨的月光，草原一样辽阔的道路，铺在门前。
我们跪着，在星星点点的火光中，向先人深深地磕下头去。
跨出人间天堂的身体，此刻必须虚无。
或者暂时神游，忘记自己的存在，完全放空。

这时，每个人都醒着，只是灵魂游走了。
像是在做一个梦，为自己燃一堆草纸。

2021.08.22

自己与自己殊途同归

何时下雨，都有欢喜的人。

爱它，或许是因为有一颗干涸的心。

七月中旬，雨从昆仑山一直下到察尔汗，乌云一会儿遮住草原，一会儿遮住草帽。

我在雨中，有一排榆树相陪。

疾驰的车，让地上的水花溅过我的头顶，那是它们的另一种行走方式。

金露梅和蜀葵开在不同的街角，在雨中护佑芬芳，像母亲疼爱中的坚强。

雨，是戈壁中最重要的记忆。

在雨中行走，是自己与自己相处后的殊途同归。

2021.07.09

一些事物

七月的一个傍晚，我和我的疲惫重叠在一个屋檐下。

温热的阳光没有刀锋，轻轻包围着楼下刚栽上不久的中华金叶榆。这是唯一我记得最深的树，最亮的叶。刚认识它时，我在新疆。那时我在的城市还未种上它。

尽管此时它还处于低矮的状态，微微泛着鹅黄，饱满的叶子在微暖的黄昏，被镶上了金边，低调的华丽。等到了八月，那枝干会再伸长一些，在风的照拂下，显得亭亭玉立。也会在阳光的照拂下掏出更多嫩叶，填补天空中的空白。

当然，我不能忽略其他。旁边更矮的花，更高的树，还有托起他们的土地，都值得我敬仰。

这昂扬的生机，享受着高原的热烈，那些盛开着的密密麻麻的罗布麻花，将要被阳光和烈风收去艳丽，回到泥土中，积蓄力量，等待下一个可以让它们摇曳生命的季节。

那些泛白的盐碱地，闪着银白的光，阳光与时间，是那个老银匠。

这些，只有生活在高原上的人才能发现。土地的灵性，如画的旷野，温润的风，是高原的写意，也是高原人独特的精神。

我不想去歌颂什么。但这生生不息的轮回，总是让人想一再歌唱。

2021.07.08

在巴音河的左岸

在巴音河，你的眼睛看到了神性，透明的波涛，水岸边的海子，郊外的青稞，更远处的草原……夏日葱茏，万物生长。

巴音河，他是站立的，他又是侧卧的。他腾出来的手专门点亮夜晚的河水。

我羡慕诗歌里的海子日日夜夜在这里听巴音河的歌唱。我羡慕两岸的人家在深夜里打捞灯火赠予的金子。

万物之中，我最爱流水。

巴音河，这个下午，我就在巴音河的左岸，满心喜悦，却不为人知。

2021.06.02

风

感叹也没有什么用，没有人在意风吹向哪个方向，一声轻叹刚刚出口，就已被风撕碎。

每人心中都有一片海，风拂动的涟漪是心动的波纹？枯水期时风掠过梦想着波浪的水草；丰水期时风卷起小的波纹，也卷起大的浪涛。

雨说下就下，闪电说来就来，风是唯一的助力者。没有人能掌握大小并叫停。此时，躲进自己的内心用宁静酿酒，风再大，也奈何不了你。

2021.05.06

棱　镜

这是一个虚幻，从凌晨开始。是惊雷。灯光里隐藏的黑暗最终被揪了出来。

雷是惊雷，有神的意旨。违者都有步步追赶的阴影。

夜晚是一面巨大的棱镜，棱镜多面，每一面都是虚幻而真实的星空，每一面都映照出梦的幽蓝的幕顶。

收敛叹息，生活给予你一束束的光，当然，也会赐予你黑暗的部分。孰重孰轻，孰明孰亮。

明暗自知。

2021.04.29

五子湖，五滴睡着的水

五子湖的水，睡在芦苇之上。

在风的低语里，睡得无比坚定。

阳光满床，但它还是佯装睡在无边无际的夜色里。

或许，在贪恋那个梦。那个高于白刺果红柳梢的梦。

是的，这样的梦太合适长睡不醒了。

一年就一次，酝酿成飞翔。

这是一种很纯粹的飞。即使没有变成飞鸟。

完完全全，水的另一个模样。

起飞的地方，是五湖中任意的一个湖。

高出芦苇了，可以看到经幡、屋舍、草场，高于河床，可以看到昆仑和无边无际的冬。

多想站起来，多想飞翔，那些没有看见没有到达的地方才是美好之地。

枸杞，藜麦，青稞，以及更远处的淡烟和薄雾。

一切多么美好。

一滴水，反复论证看到的真实与疑问。

那些生长过粮食的土地上，每一块都散发酒的香气。

太自由了，多么纯粹的天上人间。

那柔软的身，却有一颗高飞的心。

五子湖，五滴不愿醒来的水。

2020.12.20

困　惑

今夜的文字请我在一页空荡荡的白纸前饮下热酒。

到底要用哪些文字来表达黑白，抑或是醉意？

但丁的大门，敲得闷声闷气的，有九重天的回声。炼狱的宁静，天国的幸福，哪一种是我该受到的苦？

有光，我还没有看到。

哪一脚吃水更深？哪一种吃相更丑？

白发老人就在前方，却一言不发。

2020.11.04

落　日

你无法想象它的热烈，恢宏壮丽，它最想融化的是山峰吧，看，它们抱得多紧。

比较而言，我还是喜欢看它落在水里的样子，和水打趣，相互追逐，藏匿的样子有人间的味道。

由此，我还喜欢它在余晖里静静带走的河水，没有波澜，也没有凌乱和浑浊。

它在高处爱着低矮的事物。

而人们，总是借它的一生来抒情，以此走进它隐秘的内心。

它下山了，我也要走了。

2020.11.12

高处的白

在高处，记忆早早张开了翅膀，那温暖的羽翅，都写满南方，南方。是的，去南方，去看舷窗外的暖阳。

此时，省略高原的寒冷。

现在，我们低头望去，雪峰驰奔，却跑不下高原。

白色的云朵，给予了我们轻盈的灵魂。

望向我寄身的人间，那被云朵覆盖的地方都柔软而温暖。

2020.11.22

什么样的山水才能配得上这样的辽阔

一去八百公里，长云无边。

一个异乡客早已将他乡当成了故乡。

在高原，从蜀地迁徙而来的父母，多年前就把高原的山、水、长风镌刻进了体内。

他们说话，吃饭，做事……无一不含高原之风，他们把故乡放在思念里反复揉洗，越来越白，淡，却夜夜都有。

今天，在青海这辽阔的瀚海里，我路过的山河，请称呼我一声：孩子。

2022.01.21

坐在山上的神

　　我们的到来，无疑加重了神的负担，有那么多的人，拜托的事情太多，也不知神记下了没有。

　　求财，求子，求运，求安，向神提出各种请求的人们啊，难道不应该求自己的灵魂更纯粹一些？

　　神慈眉善目，拈花微笑，却闭口不言。

　　坐在山上的神啊，你全神贯注地俯瞰着人间，用眼神里的慈悲将众生爱了一遍又一遍。

　　与神对视，在一缕香雾中看清了过往，我要将人间重新爱一回。

2022.01.20

新，或者心

现在，蓝色的大厅里，轻松与愉悦在无声地流溢。

巨幅电子屏上，熠熠闪光的文字：新时代，新篇章，新征程。每一个字，甚至每一个笔画，都热力无限，火红的颜色和五星红旗一样。

它照耀着每一张骄傲自豪的脸，仿佛被暖阳抚触过的苹果。

开场的音乐暗合了每个人内心的激动。

没有人是孤独者。

发言人为一方的山水擘画了锦绣的前程。

我们坚守的湖泊，澎湃出时代的潮音。

十三点五十分的阳光

十三点五十分的阳光照进屋内，用炫目的光亮，打扫屋子。

雪白的墙壁披着月色，被金色的阳光消融了那一丝凉意。

事物存在如此美好，自然中的乾坤。

这午后的阳光是坦荡的君子，是刚烈的勇士。

十三点五十分，慵懒蜷缩如猫。我用最纯粹的那束金色的太阳之芒打扫内心，用它的纯粹的光亮审视自己。

十三点五十分，阳光有博大之爱，默不作声的事物，都已被它环抱在了怀里。

2022.01.15

八点四十分

黎明是纠偏者，非黑即白。

小寒和大寒节气的中间，有人从一滴酒中走失，眩晕十二小时。

渐渐清朗起来的八点，与昨夜书：或清淡，或辛辣，往事已被佐酒。

人生有涯，抓紧时间放弃，握不住的雷电，不再斟酌。

八点四十分，太阳入窗，我向自己致敬。

昨天，已被黎明删繁就简。

2022.01.16

痛

疼痛，十面埋伏。
生命，四面楚歌。
荆棘密布的路上，往往人群汹涌。
尖利的芒刺上，挂满啼血之歌。

切割钻石：璀璨的光芒从疼痛中发出。

2022.02.13

玫瑰赋予的夜晚

那么多的玫瑰开了，那么多的巧克力融化了。此处无声胜有声。

甜美在哪里，欢笑就在哪里。

万事万物不为尧存，不为桀亡。

爱情是一部无法修复的法典。

一朵花的香，在人间的绽放里，成为埋葬它的安魂曲。

借一些日子，与甜蜜殊途同归。

欢乐的尽头：望前面的古人，后面的来者。

2022.02.14

誓　言

活得通透未必能得救赎。灯光所覆盖的地方未必就是白天，阴影之下也不全是黑暗。

逻辑混乱的时候，生活只能自圆其说。

坐在春天里等春雨，即将萌动的枝枝丫丫早就看破春天的红尘，抖落沙尘和人间杂念，洗净绿色，走进春天。

美的，丑的，都沦陷了。枪声还没响。低头的人已经走了很远。

硝烟的另一种味道。有酒，即浓烈；无酒，则寡淡。

爱过的人间，正在被他人热烈地爱。在灯光的光芒里寻找不属于灯的光亮。

起誓：绝不拖泥带水。

2022.02.15

在一场沙尘里冥想一会儿

当我刚说完春天的时候，沙尘就逼过来。它抢在所有芽苞的前面，在早春的舞台上跳火焰之舞。

突兀的事物，也是冥冥之中的定数。

我们不必计较春天何时出发，一颗种子，就要开口说话。

短暂地停留，泥沙俱下，晦暗总会得到澄清。

这小面积的沙尘，掩不住大面积的惠风和畅。

2022.02.19

去庄子的梦中

一

去庄子的梦中，寻找蝴蝶或者干脆就变成一只蝴蝶。先不考虑我还要不要回到这纷繁的世间来。

在梦中翩跹，梦就是轻盈的蝶翅。

在梦中，不用早出晚归，跋涉奔波，不用分辨是非，黑白曲直，不用替叶落担心伤神，不用替凋谢忧心，只做一只纯粹的蝴蝶。

二

冰封的河岸。

坐在河边的一块石头上，像石头般冥想。生硬硬的河滩，水都还睡着。

亿万年前就开凿出来的河道，垒筑起来的山峰，都有着轻盈的翅膀，在一个短短的梦里，完成了飞翔。

在高原，能随时让你愉悦的除了蓝天白云草原河流……可能就是做一个理想中的梦了，哪怕只有光怪陆离的石头。

我期待的河水，醒来的时候，请绕到我的趾下，或许在白色的浪花中，能找到昨夜我丢失的那匹白骏马。

不追千古，想也传奇。

三

庄子醒来，他不知道是自己变成了蝴蝶，还是蝴蝶变成了自己，他低着头笑得很含蓄。他捋着胡须，似乎那里藏着刚才的那只最调皮的蝴蝶……

如果梦醒之后还在梦境中，我们是否就拥有了双倍的美好？我们一生有许多想法，并不是要把这些想法都一一地说出来。有些，就一辈子都在梦中了。

现在，太阳正敛起翅膀，我站在湖岸上。风冰凉，芦苇微微颤抖，野鸭从湖水里飞起来，成群结队地钻进苇丛，去造它们的春梦了。

未来的五月，所有的事物都会完全醒来，所有的留鸟和候鸟都会来赶一场湿地的宴会，把这万顷的水域当成它们梦中的伊甸园。

欣喜后，没有一只误入歧途。它们哺育后代，懂得慎独，或飞或停，全由自己做主，经营着完美的夏季。

庄子站在对面的岸，喟叹：人生天地之间，若白驹过隙，忽然而已。

梦醒，就是结束。

四

花开满庭，清雨淅沥，庄子坐在廊下温酒独酌。面色泛红的庄公在雨水的低吟浅唱中打起盹儿来。

时间与时间的重逢是上一秒与下一秒的黏合，是一千年与一千年的错过。

这些优秀的时间，从未落下谁。

今晨睡梦中的人，还在昨夜宿醉的疼痛中翻转黎明。因为头顶上的大山，姿势和意境与庄周相去甚远。而庄周此时宽大的袖袍里想必钻满了世间蝶翅。

庄子说："天地与我并生，而万物与我为一。"羡慕他豪情之中的彻悟。

五

我放弃繁星满天也要去你的梦中，试图找到那些飞舞的蝴蝶。

世间多了一些有思想有哲思的蝴蝶。

给予自然该是一件多么幸运的事情。那些蝴蝶会传给花朵什么样的思想？

两千多年前的梦，一直让今人都倾慕不已。

停滞或飞翔，都可以给时间分行。那些看似无意义的事，总是在为有意义埋伏笔。

在梦境中折回，一遍一遍在青翠的山野搜索，丛林中的仙子你替代的可是一代圣人？

大千世界最终都活成了水墨画。

六

庄周垂钓于春天的河岸，认真流淌的河水与心不在焉的钓者形成鲜明对比，一个清心寡欲的人仿佛是春天的装饰者。所有的春花，都不能勾起他对山水的赞美。

他是岸的沉思者。

我喜欢沉默的旷野，是因为再大的风声，再奔腾的水流都不能消除旷野的存在。它们的本质就是无法改变的真理。

在旷野，会勾回千年的沧桑感，孤独的风，形单影只的人，都有唯一感。

庄周说："哀莫大于心死，而人死亦次之。"是啊，人最大的悲哀是精神上的麻木与愚钝，肉体的死亡倒是还在其次。

七

今夜月光暗淡，无心翻书，无心他事。独坐，看茶叶沉浮，是另一种飞翔……

举茶，敬庄周。

八

夜幕准时到场，庄周的梦是不是已经开始了？

庄周的亥时，子时，丑时……也都是我们拥有的当下，无虚席，无虚度，亦坦然。

庄子说来世不可待，往世不可追也。是啊，下辈子的事情是不能预料的，过去的事情是不能追回来的。

九

与庄周握手，必得先翻开《庄子》。

庄子是精神的故乡，他揣着的火焰足够燃烧人类到每一个黎明和黄昏。

世人做不到和周公和谐相谈，因为做不到天人合一的精神自由。回首后，人间只有一个庄周，至神，至圣。

在时间的隧道里，安排自己在庄周的梦里进进出出，看他上山，下河，过桥，听他神侃，讲庖丁解牛，讲邯郸学步……足慰灵魂。

2022.04.12

感　念

　　中午，打开窗户的时候，看见阳光直射着城市的每一寸，灼热的，夏天的味道。

　　最高的那栋楼，最亮丽，接受阳光也最多。

　　建筑，是一座城的背景，也与一座城有着深深的相互吸引的关系。看着小镇从一把垦荒的铁锹建起的帐篷到如今的高楼大厦，这中间的艰辛已完成蝶变。

　　看！阳光，绿树，远山，草原，戈壁，和谐共生。美好的事物总是自成一体。感念每一刻为城市付出的人，又一次领略到：世间安好，是有人在负重前行。

　　这个下午，阳光要做的事，就是给城里每一个人给予淡泊恬静。

2022.05.11

格尔木文学丛书

GEERMU WENXUE CONGSHU

（第四辑）

第四卷

光　芒

湖水荡漾得很具体

在初春的盐堤上，我发现察尔汗湖上的春天比任何地方的春天都来得要早。

特别是在 1 号池，这里春天汹涌，有一片平铺的草原。

这是亿年前留下来的水。咸味，涩味，苦味。

卤水。一滴被春天晕染过的水滴。淡黄，鹅黄，深黄，浅绿，深绿……

在风中，它们会开出大朵大朵的白花，是镂空的，姿势如游龙，如团囷，构成了一片花海，闪闪烁烁，叮叮当当。

我似乎感到有无数个小小的风铃在顺着一个方向摇，顺着春天的方向走，走在旷野的前面。这样的想象，让我有点眩晕。

一幅无比奇特的画面。

柔和，疯狂，唯美。

在画面的中间，我就是那个在春天中发呆的人。

2020.03.03

寡言者

依夕阳而归的人，收拢一堆迷茫。

我站在铺满石子的河岸，撒下宽大的网，我把隐晦于他人的事说给河水听，希望在收网之际有另一些清晰的事物顺水而来。

云朵走了以后，河水听不懂任何语言。

2020.05.22

盐花记

不管季节停留在哪一段，天空的颜色如何变化，湖水如何泛波，盐花总会依水而居，固守着自己的洁白。

不畏严寒，顶着烈日，低矮，谦卑，依水傍堤。

面对它，我必须弯下腰来。在低处看它，用低于湖水的谦卑态度。彼此相对，互相接受。

它的生长和盛开，是每一次风与水结合后的必然和偶然。风让湖水涤荡一次，它就攒下一朵小小的花蕾。经年后，聚成一朵更大的花。立于四季。从容不迫。

通体的白，晶莹透亮，手牵着手，感觉它与生俱来就是与某人结缘的。

白色纱带一直飘到雪山上，像一支团体婚礼的队伍，与山水组成迎亲队。

有人叫它盐湖奇葩，我也喜欢这样的叫法。

更喜欢天马行空地去比喻它：比如湖水的蕾丝花边，堤坝的蝴蝶结，高山的哈达……

它装饰着湖水，丰满着盐湖。

它来自泥土深处，"出淤泥而不染"。

2020.05.14

终是放不下的那些盐花

如此繁茂，又如此明亮。

高低重叠在湖的沿岸，仿佛是一片低矮的花园。

所有的根、茎、叶，以及花朵均为白色，阳光多角度照射，无限澄澈透明。

这小小的花朵，给了我大大的安慰，一次次去湖上看望那些花儿，那些花儿也总会与我对视。

我不知要对它们讲什么，倘若我说，我爱它们，放不下它们，它们信吗？

每次我都会把腰弯到很低，甚至会抚摸那精致的雕琢，凉凉地，便会生出许多的赞叹，大自然冥冥之中的眷顾。

每一次，我都会停留下来，有时干脆坐在花儿之间，默默地与之相对，静静地看它们生出白色的翅膀，离开湖水，一直飞到云朵里。

就这样静静地，赞叹湖水的妙笔生花。

2020.05.15

盐花小赋

自是那万马齐暗之水，前赴后继而来，造下这天下良田，人间圣品之美景。

无雕饰，无安排，自行安顿，自成一体。四季常开，开成孤独的繁茂。

聚天地之灵气，吸日月之精华，自沉于湖，餐风啮雪，接受了赏识的目光，不娇媚，不驿动，终年守湖而生，凭湖而望，与日月同光，与岁月同寿。

坚哉，盐花，自性也，盐花。

2020.05.16

在云朵低下来的地方放慢速度

  高原的云朵，常常会让人心驰神往，此刻，它无意间落在你的头顶，是对此刻的山峦、土地和人的眷爱。

  它放低身姿，尽量与你亲近。此刻你对自然美学的渴望和内心完全放空的自如。那内心空出来的部分，是专门用来盛放云朵的。

  生命快乐的密码。是一个未知的转弯。

  伟大的自然，万物薪火传承的福祉。一切存在的奥秘，正在依时间而行。

  当我成为一滴水，就会懂得云朵的全部意义。

2020.05.05

盐湖心

湖水的宁静，我无法掌控。

我却常常在它的静谧里，放置一些动荡。

阳光下的自由，睡在卤水深处。

无论是在湖面还是在堤上，一些旧事和美妙的事都会返身回来。

灵魂落下的地方，是会生根的。

人的一生会有太多的眷恋。就像我守着你的宁静，你无波澜，我心中却时时生出涟漪……

2020.02.07

远道而来的湖水

我又走在盐堤之上。

六月的午后，盐湖开始雕琢自己，在丝绸上绣上白云和蓝天。

远道而来的湖水，以更高的姿态低垂下来，它们要在这里完成生命的另一个周期。

我痴迷它们以各种形式的存在，或固体或液体，或悬浮或沉淀，它们饱含深情地演绎着湖水之恋。

远古的湖水，就这样恣意地在旷野中游荡。

饱含沧桑，却干干净净。仰天而卧，俯地而眠，天长地久。

激情，舒展，写意。

所有的神情都属于现在。

我却在另一种宁静里寻找神秘的结局。

2020.06.02

山　峰

　　雪山屹立，雪水流走。在静与动之间完成自然赋予的使命。

　　山峰高大的样子，除了本身的高度，它还应该是因为承载过雪的覆盖，云的缭绕，石的依靠，树木花草的生长，矿藏的寄存。当然，它还为神仙和隐居者提供禅场。

　　人到了它那里，它会把人一寸寸托举起来，然后放到肩上，让人类替它看到更高的山。

2020.06.06

察尔汗，28 公里处的湿地

午后，阳光丰满，风也丰满。

风，差点掀飞了我的帽子，它吹过我后，又去吹水，吹野鸭，吹芦苇，最后再去吹远山的雪。像一个忙碌的打击乐者，上下左右，一刻不停。

那时，我已完全感受到了风的震撼力。

在去往湿地的堤坝上，湖水左右都是沸腾的。在旅人的眼里，这里是神秘，浩瀚，空旷，宁静的。

一顷微风揽波，足以慰藉远方寻觅的心，这水，比绸缎还要好看。高高低低的芦苇地，赤麻鸭，鱼鸥，大雁，天鹅，它们若即若离地游弋着，它们的天堂，你只有路过和观赏……

劲风将我再次抛掷于这旷野之中，可我却并不孤独。

这么汹涌的田野，这么多点头致意的生命。

我要把礼，一一地还回去。

2020.07.08

察尔汗盐湖

好大的风。堤坝湿漉漉的，除了风把水吹溢到岸上，更多的是，风把盐粒中的水逼出了身体。

就这样，在堤坝上呼吸咸香，就像是嘬进了一口热烈的青稞酒。

盐湖人，任何一种爱盐湖的姿势都是深爱。

不惊喜，不慨叹，不摆拍。抬头看云看山，低头看湖看自己，从容不迫。像自家的堰塘，像手中的茶杯，更多的时候，像酒，又烈又醉人。

察尔汗，每一眼的空旷，都是前世修来的辽远。想象每一粒盐的内部都暗藏着一片古海洋。

是的，这满湖并不普通的水，在停留和流动中，都发出金子般的光芒。

2020.07.01

由察尔汗的美景想到的

我看好的云落在湖水里。我看好的盐花飞到了天上。

她们在简单中互换美好，把每一时空的存在具体化。若夏天属于成长，那么这些成长的美好就属于盐湖。而这些美好对成长和人又提出要求：不能任意妄为。尊重自然赋予的逻辑，人类就会明白天地之心的意味深长。

古之者云"遇雨则吉"。那么云呢？水呢？风呢？今人不说"劳民劝相"，但却常讲团结、友爱、互助。

大自然时刻都在点醒人类。

万物也是在相互关照，相互映衬。

见微知著，用欣赏和关照，在彼此的世界里安身立命。

人类有多美，自然参照之。

2020.08.26

察尔汗的蓝

天空，堤坝，湖水，蓝色都是盐湖深处的延伸。

湖水是一本硕大的册，它在风的阅读中制造迷惑，制造晶莹，它不止一次地连片翻过，重叠和隐藏的部分让倾慕者一遍一遍地回头。

它牵的是摄影师的手，它握的是作家的笔，用意念和灵魂创作，让这些倾慕者为它而倾倒，为它而纠缠。

它情浓如酒，柔软又刚烈。

这些灵动的蓝，经过了一再的提纯。

2021.11.10

读察尔汗

一

只有在察尔汗，才懂什么是深藏不露。而更多的时候，他像一尊低调的神。

他深埋着自己又袒露着自己。当云彩和湖水褪去的时候，我无限地感激造物主给予我的安宁和辽远。

他的优秀在于他的低调、隐忍。对他的深情，是一粒盐之于整个盐湖，是一个词语之于一卷史诗。那深情，是笃定的爱和淡淡的咸味。

有时我会提着洁白的盐花的灯盏，从他的脚尖出发。去寻找咸味中的自由。我一次又一次地充当着熟人，也充当着陌生者。

二

干涸的大海在盐层深处复活。察尔汗藏着亿年的隐忍和苦涩。又在钻石般的结晶中讲述着纯洁与坚贞。

去看冬天的察尔汗，看雪花落入盐粒，成为另一种白。看它们互相劝谕，紧紧拥抱。

三

太阳落下去以后，察尔汗的盐粒把眼睛睁得更大。盐的光芒泛滥成海，一粒盐触碰另一粒盐，5856平方公里的察尔汗，硕大的盐的乐场叮叮当当。

我是那厂房里被搅动的最小的盐粒……

四

察尔汗从来不说话，守着他独有的咸涩，波澜不惊。

白日里，所有的盐向阳而生，接受着阳光和风的沐浴。黑夜里，借着月光把盐的疆域扩大。

2021.11.21

在柴达木看见天空的眼泪落满盆地

一

盐砌成的堤坝在某一处与水交接，也与卤水交融。

一些水藻的腥味和咸味融合在一起，像被拯救的大海。

二

湖水上来了，在我看落日的时候，船只一如往常，静静地移动着。柴达木，像一艘更大的船，而察尔汗，仅是这艘船上的一个舱口。

我俯下身子触碰岸边盐的结晶，一圈一圈的，是盐的年轮？清晰又晶莹剔透。我敢肯定，这是湖水终年为柴达木织出的蕾丝花边。

三

我知道，只要我肯努力地赞美下去，所有的瑕疵也都会成为美好。

它凝聚，它坦然，它阳光，它儒雅，它晶莹，它闪亮……它是一切顽强和美好的象征，就算是烈风也撼动不了它。

四

起尘了，沙从东边过来，铺天盖地。

天空开始揉他的眼睛。

2021.10.26

遇见盐湖

叫醒沉睡的大地，除了万千人的深深耕耘，可能还有你历经过的光阴。

一

如同巨大的牧场，我已在盐湖放牧了我的童年、青年，如今还在继续放牧着我的中年。

盐粒喂养岁月。

青春在咸涩的风中招展成猎猎之旗。

二

在察尔汗，第一次看见水鸟，是一只有着长喙的花羽毛鸟儿。

羽毛色彩很好看，黑色主体中有晕染的淡粉淡灰。好像还有几点仿佛滴上的红墨水的一样的红斑。

它用好听的歌唱，生动了整个大盐湖。

三

盐碱滩的芦苇，瘦，且硬。

风吹来，它们俯仰不止，却绝不倒下。

如同我们的青春。

四

在满是盐碱的滩涂上，童年的时光那么长，我们挥霍无度，像是一群奢靡的财主。

五

太阳还是静静照着，咸香的风还是或长或短地刮着。

四季已经从书本上走下来。

盐湖的季节是从哪一天有了它该有的模样？这潜移默化的岁月啊。

六

要去60公里以外的地方上学了。

我想和芦苇一起去，和盐粒一起去，还想带去五彩的湖水。

七

几十年。未离开。

至今，我依旧和盐粒、卤风、饱满的湖水和在一起。

这生命中的要素，须臾不可分。

八

盐湖，在静静地长叶，怯怯地开花，暗暗地结果。
我的小喜欢也是如此。

九

上苍厚了爱大地，也厚爱了我。
热爱是忽闪忽闪的睫毛，美好的事物总是在眼睛中央被夹道欢迎。

十

每一次去湖上，我都会掏出之前的湖水，对比它在我心中的模样。
三月，它是蓝的。
四是，它是绿的。
七月，它是黄的。
十二月，它的蓝是向天空，云朵和盐粒借的。

2021.05.01

灯

一

山一程，水一程，身居暗夜无处寻，一盏灯。

弥漫着香味的灯火围着黑夜，是一次心驰神往的孤旅，照亮一些回忆。

从一些光亮出发，从深黑的灶屋开始，从故乡的核桃树走过，山崖，毛草坡，可以买到糖果的集市，还有池塘的影子都由波浪送走，模糊的难以辨认的故土。

为什么从一豆灯光中要拉出一些过往，反照出苦难，眼睛骤然成为幽深的城堡，为什么一盏烛灯让心居无定所？

暖色的花朵，从黑暗的香气中摇曳而开。当我温柔地想起那些不再回来的从前，似乎已经完全叠加在这黑中了。

在静谧的空间里，烛光搅动着空气中所有凝固的思绪。

宽恕这些不安的神经吧。

过去那些牵强的故事，在灯火里已解释为灰烬。

二

时光又回到字面间，这是我们沟通的流动和方向。很慢，一个字一个字地抚摸而过，摸出字里行间的铿锵之音。

这无声的交流啊，在平静中划出涟漪和波澜。

看你娓娓道来，是和声部的命运交响曲，欲罢不能，越走越深。

想象不出来清晰的结尾，依旧在坎坷的跋涉中气喘吁吁。

活着，是梦，也是疼。

顺风而行，遇水而安，今夜的逆水中，你已经洇湿了第 339 页的部分，我要如何晾干？

所有的灯火都是被囚禁后的释放。在高处，在远方，在小镇上，在今夜的烛光下，与你相逢，我是幸运的。

三

黑夜的一部分是留给灯光活跃的，灯的个性也就呈现出来。它毫无顾忌地释放放出囚禁的光芒。

其实，夜是热爱光明的。它的本能就是寻求昼的平衡。但我却不知道这其中的哪一段最为精彩。它们在白日里沉默沉思。

阳光下的色彩，器物，又恢复了正常，沿着清晰的暖光，夜的美就出现了，一些白天做不到的事就冒头了，酌酒，数星，读书，失眠，做梦……这些都是光亮赋予夜的翅膀，充满生机和力量。

灯火依附在黑暗里，催生黎明归来，却隐匿在一缕风中。

需要时就燃烧，不需要时就蓄积光芒。从不纠缠，从不打扰。

四

赶路的人不分昼夜。他的灯在心里，二十四小时亮着。

永不熄灭的心灯，一直要亮在心间，用勇气和魄力为它续上能量。

五

旷世之孤独，唯其热烈奔腾。与夜为伍，拯救暗夜。

以光芒的刀锋刺破黎明。

在白昼里省去的文字都加倍奉还给黑夜。

以灯为伴，相互拥有，互不叨扰。

六

霓虹在左，黎明在右。

充满光明的人间，时刻保持对立着和对称。

风也吹不熄的明亮。

是谁在守着它们的初心。

那么多的变幻莫测。照耀，却是它们一生的主题。

谁在光亮中看到更加接近真实的自己？

七

时间布下的经筒，让一盏灯在青烟里坐忘。

梦醒之后，繁杂世事有亿万吨的重。

练习如何将尘世减轻一些，一盏灯的光焰摇曳，抖落了沉重的黑。

守住一束光，这是你能留给自己的唯一空隙。

你所有的梦，却都是撇开灯火与现实激烈的谈判。

八

案锁灯，风雨兼程。

山野里的河川，安慰纸页的空白。

沉默是醒着的梦，阻止一只虎从心之牢笼跑出来，让怒火躲在纸里煨汤，把繁杂熬成纯粹。

深夜就要抵达，一案光，赶路是足够了。如果还想做点什么。那就再往前多走几步，去往更明亮的灯下⋯⋯

2021.12.27

察尔汗的风吹过亿万年

四季含盐的风，拂过干涸的白云河床。

每一粒盐中都记录着亿年前的风光。

别勒滩、达布逊、乌图美仁、那棱格勒……都是含水的深情之地。

而察尔汗的星空见证了这亿年的奔腾和亿年的宁静。

盐壳枕着亿万年前的波涛，在察尔汗的职工宿舍里，我常在深夜听枕下波涛汹涌。

这宽阔辽远的风雨，寂寥了谁的光阴？

探险队，羊皮筏子，荒凉的帐篷，微弱的马灯……在经度与纬度坐标上停留，造梦……

真实的戈壁，海市蜃楼般从大地深处抬出的戈壁，在亿万年的时间里反刍，留下 5856 平方公里的胎记。

不得不一次次从亿万年的时光里穿越回来。

2022.02.16

高原底部最深的蓝

高原的高处，盆地的低处，水是被讨论的中心。
突兀的山峰，云彩从未嫌弃，湖水漫过石头的脚趾。
坚硬和柔软，高耸和低矮，这自然的哲学。

风追逐盐粒，浪花，旗帜，云彩，连片的湖泊反复吟唱《高原蓝》。

2022.03.04

盐湖钢琴曲

阒寂无人时，湖水的琴弦就独自弹奏，弹给水听，弹给盐听，弹给风听，弹给星夜听……谁侧耳倾听，谁就领受了一份娴静。

我是那个独自听琴音的人。

听，春天的马蹄声从远方赶来，驮着绿丝绸和渐次鼓胀的花苞，在湖水里清洗一路风尘。

琴音悠扬，风自弹自唱。

大湖如琴，它以水的荡漾为节奏，谱出一曲曲关于盐湖的曲子。

盐粒则是曲中永恒的休止符。

2022.04.21